张炜中篇系列

葡萄园

张 炜／著

人民文学出版社

图书在版编目(CIP)数据

葡萄园/张炜著.—北京：人民文学出版社，2018
（张炜中篇系列）
ISBN 978-7-02-014323-8

Ⅰ.①葡… Ⅱ.①张… Ⅲ.①中篇小说—中国—当代 Ⅳ.①I247.5

中国版本图书馆CIP数据核字（2018）第156903号

责任编辑　李　磊
装帧设计　崔欣晔
责任印制　徐　冉

出版发行　人民文学出版社
社　　址　北京市朝内大街166号
邮政编码　100705
网　　址　http://www.rw-cn.com

印　　刷　中煤（北京）印务有限公司
经　　销　全国新华书店等

字　　数　73千字
开　　本　880毫米×1230毫米　1/32
印　　张　5.5　插页2
印　　数　1—5000
版　　次　2018年11月北京第1版
印　　次　2018年11月第1次印刷

书　　号　978-7-02-014323-8
定　　价　36.00元

如有印装质量问题，请与本社图书销售中心调换。电话：010-65233595

张 炜

当代作家。山东省栖霞市人,1956年出生于龙口市。1975年开始发表作品。

2014年出版《张炜文集》48卷。作品译为英、日、法、韩、德、塞、西、瑞典、俄、阿、土等多种文字。

著有长篇小说《古船》《九月寓言》《刺猬歌》《你在高原》《独药师》《艾约堡秘史》等21部,创作有中篇小说《蘑菇七种》《秋天的思索》等若干。

目 录

葡萄园 ___ 1

附：

写作和行走的心情 ___ 120

葡萄园

初秋,一片灿烂的阳光照耀在葡萄园上。没有风,没有喧闹,只有一两个头包白巾的妇女弓着身子在葡萄架下做活。一辆马车驶进园里,车轮发出辘辘的声音。一个妇女抬起头来,从白巾中露出通红的脸庞。阳光耀得她眯起了眼睛……

一

在人们的记忆中,很多年以前园子当心就有这座小泥屋。小屋四周全是藤蔓粗黑的老葡萄树,它们纠扯着,极力想把枝条搭到屋顶上去。每年的春天,泥屋的主人都要重新涂抹一下屋顶。有一年雨水很大，淋塌了小屋的山墙。可是墙内有木架撑住，屋顶没有歪下来。

上年纪的人知道，原来这片葡萄园很小，它是属于泥屋主人的。那时候他们就靠这些葡萄树过日子，又可怜又寒酸。四周是荒原，杂草丛生，一直延伸到大海边上。后来葡萄园渐渐扩大，小泥屋仍在中心。大葡萄园是属于公社的，就连贴近小屋的那些葡萄树也不再是泥屋主人的了。泥屋里的人仍旧在园里做活，他们，还有这座小屋，都属于葡萄园了。

罗宁很小就来到了小泥屋里。这里有他的奶奶和叔叔。每年的春天，奶奶和叔叔领着他到园子边上，给两个坟头烧纸。

那是爷爷和婶母的坟。

罗宁六岁的时候该回城里上学了，他的爸爸妈妈都在城里。叔叔明槐一连几天都在给小侄子打点行装，准备送他进城。他们进城要乘坐轮船，从葡萄园到客运码头这段路要乘马车。可就在他们上路的前一天，罗宁的母亲来信了。信中告诉她和罗宁的爸爸要分别到两个农场去劳动，这两个农场相隔几十里，罗宁暂时不能回城了。

他那么想念爸爸妈妈，尽管葡萄园里这么有趣。

每到了夜晚，园子里的风就变得凉爽了。太阳晒了一天，使葡萄园散发出一种温热的、熏人的香味儿。叔叔明槐在隔壁睡下了，罗宁和奶奶一直听着窗户外面不时传来的噗噗的声音。奶奶说那是睡不着的鸟儿。罗宁的枕头边上有一只叫"小圆"的花猫，它有一张十分漂亮的脸，总是用前爪捂住鼻子熟睡。窗户外边的老葡萄树下，睡着他们的一条黑狗，它叫"老当子"。老当子常常把屋里的人都吵醒，因为夜间园里常常有人走动。有一天晚上老当子哼哼地叫着，罗宁探头从窗上一看，见从月光里缓缓跑出了一只刺猬。

就是在这样的夜晚里，奶奶给他讲了很多园里的故事。有一次老人讲到了二儿媳——罗宁死去的婶母，就再也睡不着了。罗宁从奶奶嘴里模模糊糊知道了婶母的样子，知道了她是园里最美丽的女人。

她是在一个秋天——满园的葡萄都变甜了的时

候嫁到小泥屋来的。那一年芦青河涨水，漫过了小木桥，明槐用一个小船才把她接回来。

从此葡萄园里有了一个手脚勤快的女人。她绑葡萄蔓、剪枝、摘葡萄，做什么都比别人利落。她像别的女人一样头扎白巾，脸上总是笑吟吟的。从那时明槐就在园里赶车，每天从外面运进筐笼，载走葡萄。当园里响起辘辘的车子声，满园的女人都不由得去看明槐的女人——她丢下手里的活儿，抬起头寻找自己的男人。灿烂的阳光耀得她眯起了眼睛。女人们笑着喊她的名字："安兰——！"

园里的头儿老黑刀总是突然从葡萄架下钻出来。他有时把做活的女人吓一跳，大家就骂他，往他身上扔东西。老黑刀爱说女人听不得的一些话，笑着在地上滚，两手抵挡着女人们抛出的东西。只有安兰低下头去，不停地做自己的事情。这时候老黑刀就从地上蹦起来，大声吆喝道：

"看看人家明槐媳妇，嘿嘿，嘿嘿……"

老黑刀见了明槐总是板着面孔，讲话时伸出一根手指，像是遇到了很严重的事情。

中午是葡萄园里最热的时刻,大家就走出园子,到海里洗澡去了。女人们硬拉上安兰,说:"不要紧不要紧!"……她们只在离岸不远的水里玩,互相用水撩着,弯下身子去捡踩到的海贝。

老黑刀也到海上去。他常常叫上赶车的一个老头儿,说:"老鲁,走,载上网玩玩去!"他们载着网具到海上去了,顺便可以召集一些洗澡的人拉鱼。老黑刀如果拉鱼拉腻了,就一个人游到深水里。

他通体发黑,在水里扑动着,勇猛极了。他不断地用身体将碧绿的水面劈为两半,真像一把黑刀。他还会潜水,一口气可以扎到几十米远。有一次他在水中捉到一条长长的凉鱼,就在水中把它捏死了,像腰带一样挂在脖子上,从水中钻出来。老鲁见了老黑刀潜水,总是伸出拇指叫一声:"嗬矣!"

女人们看老黑刀开始潜水,大多都上岸穿衣服了。因为有几次老黑刀潜过来,用水喷她们的脸。只有少数几个不怕老黑刀,她们会联合起来捏他的鼻子,伸直食指,像锥子一样捅他的身体……

安兰来到葡萄园的第二年上,身体就瘦下来。人们都说她不如从前好看了。这时候进入了混乱时期,园里的风声也紧起来。老黑刀越来越严厉,他跟明槐说话时面孔板得更紧了,伸出一根手指,很吓人的样子。有一次他问老奶奶说:"你们家过去有多少棵葡萄树?"奶奶摇头说不记得了。他"哼"一声说:"不记得了——了得。我叔叔早告诉我了,哼,了得!"

他的叔叔就是当地一个革委主任。老黑刀每天里都要说到他叔叔。

老黑刀把小泥屋里的三口看成了最危险的人,没事了就背着手在屋子四周转,用一只眼睛去斜小屋的窗户。他对在园里做活的人说:"小心屋里的人!小心他们点儿倒好!"

又住了不久,老黑刀就经常将明槐叫到一个地方去训话、开会。

明槐回到园里,再也打不起精神。老奶奶问儿子外面的事情,儿子总是摇头。后来他对母亲说:"咱们不该来海边上种葡萄树!"

老奶奶不知这是为什么。她只是咕哝:"那也是穷得没有办法……我们逃荒逃到这块荒滩上,先给人家做活，后来搭个小窝，种了葡萄——再说如今的大园子就是从咱的葡萄树开了头呀……"

明槐还是摇着头："咱不该来海边上种葡萄树！"

一家人不定什么时候就给喊走了。安兰回来时两眼红肿，问她话，她也不说。有一天赶车的老鲁来了，悄悄地跟明槐说了些什么，明槐抓起鞭子就跑出了屋去。

老黑刀正在屠一只山鸡，一边的土枪散发出一股火药味儿。安兰哭着坐在一边，见了男人和老鲁进来了，一下子站起来。老黑刀头也不抬，说："不用凶，凶什么？这算对你们客气了。我叔叔给上面捎一封信，连你哥哥也得被城里赶回来，哼！"

明槐的哥哥——罗宁的爸爸正在城里工作。明槐听了身子一抖，咬咬牙走开了。老鲁刚要走被老黑刀喊住了。老黑刀骂道："你是贫农吗？你这个叛徒！……"

安兰越来越瘦，很快病倒了。住了半年，就死了。

安葬安兰的日子里，明槐一声不吭。晚上，明槐常常喝醉，怀抱着一杆长鞭摇摇晃晃地走到园子深处，用力地抡起了鞭子。

鞭声炸响在葡萄树下，一声连一声。不一会儿，远远的地方也响起了鞭子声——那是老鲁在抡鞭子。两处的声音交汇到一起，久久地震荡着。

小泥屋永久地寂寞了。老奶奶的头发完全白了，心也枯萎了。儿媳离开了小屋，再也不能回来了，这一切仿佛只是一场噩梦——老人几次半夜里醒来，说安兰回来了，要起身去为她开房门。每到这时候明槐就坐起来，一颗心咚咚跳着，趴在窗户上看着母亲走出屋子，在葡萄树下徘徊。老人两手颤抖地在树枝间摩挲着，咕咕哝哝。老当子站起来，大睁着眼睛去看老奶奶。

这样的夜晚，儿子和母亲，还有窗外的老当子，就再也睡不着了。

小罗宁就是在这样的日子里来到小泥屋的。

小泥屋里有了一个生气勃勃的童年的声音。

老奶奶给他讲故事。

明槐给他讲故事。

小圆跟他玩耍。

老当子伸出胖乎乎的前爪跟他"握手"。

小泥屋慢慢地苏醒了，有了声音，有了颜色，有了实实在在的生活的气息。小罗宁手持铁铲，上身穿一件小海魂衫，下身是一条有竖条杠的蓝裤，神气地出现在泥屋前边的葡萄树下。他要铲土，再挖一个了不起的坑，或者是修一条半尺高的城防。他休息的时候就是与老当子交谈。他对小泥屋的第一个严正的批评就是：老当子的名字太难听了！但奶奶告诉他：这是小泥屋的老主人、他的爷爷给它取的名字，如今是谁也不明白、谁也不能更改的了。罗宁撇撇嘴，表示不以为然。不过他仍跟它叫"老当子"。

老黑刀往小泥屋门前走过，见到罗宁就瞪起眼睛，说一声："唔？！"

罗宁一下下铲土，像是什么也没有发现。

老黑刀有些恼怒了。他不记得有哪个小孩儿不怕他这粗粗的一声。他走上前一步喝道："你听不见吗？聋？"

罗宁抬头看他一眼说："我不喜欢你。"

"嘿嘿，奶奶的！你他妈的小狗东西……"老黑刀骂着，端量着面前这个陌生的、面庞白皙的少年，觉得奇怪到不能理解。他本来想伸手揪住小孩子，一抡，把小东西抡出老远。不过他想了想，还是作罢。他从来没有见过这样的小孩子。他又骂了一句更粗野的话，就挪动脚步离开了。

罗宁将铁铲扛到肩上，冲着老黑刀的背影又喊一声："我不喜欢你——真的，一点也不喜欢！"说完又看一眼，就回到泥屋去了。

他关了门。他自己知道他有多么害怕那个黑黑的汉子。他对黑汉骂的脏话也感到惊讶，感到不能理解。他的心咚咚跳着。

晚上，他对奶奶讲了那个黑汉，讲了黑汉在骂一些很奇怪的话。奶奶半晌没有吱声。后来老人搂紧了他，让他再不要跟那个黑汉说话。他没有再问什么。他从此知道了奶奶也怕那个黑汉。

最愉快的事情就是听奶奶讲故事了。可是奶奶说到婶母就不作声了。罗宁偏要问这一切，奶奶偏不跟他讲。她只是告诉：婶母死了。婶母长得好。婶母没有了。

罗宁多么希望见到婶母。他当然更想知道关于那个美丽的婶母的一切,知道那一切的细节。可奶奶就是不讲。

一个月光明媚的晚上,老当子突然叫了起来。它叫着,直到把奶奶吵醒。奶奶坐起来,接着向窗外看去。看了一会儿,奶奶又把脸使劲地贴到窗棂上——不知住了多长时间,老人才重新躺下。

后来,有好多的夜晚,奶奶都是这样看上半天。

罗宁有一次看到奶奶夜间伏在窗前,就爬起来偎在她的身边。窗外什么也没有。灰蒙蒙的夜色中,只隐隐约约地看到葡萄藤蔓在轻轻地活动。露滴洒下来,发出很细微的声音。有什么小虫叫一声,又叫一声……奶奶用手搂着罗宁说:"我看你婶母……"

罗宁差点惊叫出来!

"我在看她……我那天好月光的时候听见老当子叫,起来一看,她——就是你婶母,从葡萄树下走出来,直走到明槐窗下去了。他们说了会儿话,她就走了。我想喊一句,又怕惊动了她,她再不来了……一点不错,是她,身形儿,模样,一丝儿没变……"

奶奶说着,激动得嘴角颤抖了。

可罗宁明明什么也没有看到。

老奶奶说:"我就看见那么一回。她再不来了。人真是有魂灵的,她是想家了……"

罗宁想喊一声什么,可他紧紧闭上了嘴巴。他知道这绝对是不可能的。他想奶奶一定是看花了眼。

第二个夜晚,老当子又叫起来。罗宁正在熟睡,突然奶奶伸手把他拖醒了。老人激动得说不清一句话,对在罗宁耳朵上说:"孩子,你、你婶母又来了……她,你看她又到你叔叔窗下说话去了……"

罗宁伏到了窗前。

窗外依旧是一片模糊的夜色。罗宁刚要重新躺下,突然从明槐窗下的黑影里走出一个人来。奶奶揪了一下罗宁的手。罗宁屏住了呼吸看着。

星光下,一个女人缓缓地走去,身影儿在葡萄树下一闪就不见了。

罗宁紧紧地伏在了奶奶的肩头上。他又高兴又害怕。他躺下来,回想着她的形象:细高个子,削肩膀。看不清脸,但他认为她漂亮极了。

二

小圆觉得中午的太阳真好。它从树荫下走出来，眯着眼睛看了看空中那个白亮的火球，然后就卧在热乎乎的沙土上。它扭动着身体，感到一阵从未有过的舒适。温热的沙土使它闪亮的皮毛更加柔软，它炙过了后背，又翻转身子去炙肚腹。作为一只花猫，它懂得自己有多么健壮和漂亮。它比一般的猫要长，腿脚粗而有力，全身都由黑白两色交织起来：黑的地方如墨，白的地方似雪。它只在干净的沙土上躺卧，所以看上去一尘不染。它还长着一对明亮的灰蓝色的眼睛。

太阳晒得小圆周身发热。它幸福地滚动着，直到有些疲惫了，才站起来。它望了望身后的一棵葡萄树，兴奋地抿了抿舌头，一纵身子跳了上去。葡萄叶儿垂在它的四周，把一个美丽的躯体全部遮掩了。它就从枝叶的间隙里向四下观望。

不远处就是那个暖乎乎的家——小泥屋。窗下，老当子在阳光下打盹。它的脖子下垂着一条锁链，链扣儿都磨得闪闪发亮了。小圆每一次从高处看到老当子，都对那条锁链感到满意。

原来的老当子骄傲得很，没有锁链，可以满园里奔跑。这是一条经多见广、通晓世故，对园里的一草一木都熟识的狗。它是由罗宁的爷爷养大的。小圆记得自己当时很小，除了老奶奶偶尔抱一抱，几乎没有任何人注意到还有一只猫。所有的人都在谈论老当子：它追逐一个偷葡萄的人，它发现了深夜袭扰的贼，它咬死了一只野兔……

小圆记得自己当时逮住了一只田鼠，并且把这个猎获物摆在了窗台上展览。后来只有明槐一个人看到了，他嫌脏似的用一根秫秸把田鼠挑起来扔了。这是小圆最懊丧的记忆。

老爷爷除了种葡萄，给葡萄树剪枝、施肥，再就是到荒滩上打猎。他有一杆土枪，乌黑笨重，脏里脏气。每一次打猎老当子都神气无比，尾巴高高地翘着在老人身前身后奔跑。鹰落在树上，兔子卧在草中，山鸡在瞧不见的地方嘶哑地喊叫。老当子所能做的事情就是把一只无比丑陋的、罕见的长嘴对在泥土上嗅着，然后转身对主人咕哝几句什么。当猎物出现了时，它则伏下身子，专心地等待枪声。枪响了，它倏地跳起，在硝烟中把垂死的猎物逮住。

小圆曾经跟上打猎的人到过荒原上。尽管它走不远，但终于还是弄明白了打猎到底是怎么一回事，也瞧见了老当子的表演。

猎枪是了不起的，而老当子不过是一个愿意凑热闹的东西，唯一的本事就是献殷勤。小圆没法遮掩它对老当子的藐视，半路遇见了，斜也不斜它一眼。

老当子很想跟小圆玩一会儿。有一次它在园子里遇到了小圆，就笑着走过去。小圆抬头看了看，气愤地"呜"了一声——因为它正在解溲呢，老当子怎么能如此不知羞臊。老当子又走了几步才发现小圆在干什么，猛地收回微笑，立在了原地。呆了片刻，老当子回身走了。小圆自己跳上了葡萄树，默默地看着离去的老当子，难过得哭了。它认为自己受到了侮辱……

小圆在葡萄树上看着老当子打盹。锁链耀得它睁不开眼。它在想：这条锁链到底是什么时候戴上的？

它已经记不清楚了。它只是知道从那时起，老当子就给拴在了屋前的葡萄树下。

那是一个秋天，就和现在的秋天一模一样，满园的风是香的，葡萄黑紫闪亮。小圆用它尖尖的小牙齿咬碎了一颗葡萄，吸吮掉里面的汤汁。它小心地用通红的小舌头舔着溅到嘴巴上的甜水……每天小圆都是自己在葡萄架上玩，很少回到泥屋去。它发现在这个秋天里，人们的脾气变坏了。小泥屋里的主人哭丧着脸，老要唉声叹气。有一次它爬到明槐的膝头上，被明槐一下子掀开老远。两个老人都愁眉不展，常常半夜里还低声交谈着什么。

园子里的人都在一夜间戴上了鲜红的袖章，动不动就举起拳头呼喊什么。老黑刀让所有人都排成一行，他在队伍前边走来走去。他呼喊一句，所有人都要重复一遍。后来他们做成了一面红旗，老黑刀让一个年轻的妇女举着，站在队伍的一端。

葡萄熟透了，可是人们都排成了队伍，没有一个人可以伏到架子上做活。小圆藏在葡萄叶间，亲眼见到一群群灰喜鹊来偷啄葡萄。这些贼在园里畅行无阻，尖声大叫，吃起葡萄来挑挑拣拣，把肮脏的粪便留在葡萄叶上。它们已经不是来偷吃了，而是胡乱啄着玩，一颗啄一个洞，然后就看着葡萄粒儿流泪，高兴得大笑。这种笑声特别刺耳，小圆常常要掩上耳朵。

葡萄被啄过，慢慢就要烂掉。葡萄园的香气中掺杂着一些酸霉味儿……小圆决心逮住一个灰喜鹊。有一次它小心翼翼地顺着一根粗藤往前移动，巧妙地利用了葡萄叶片的遮挡，离一个灰喜鹊只有二尺左右了。它的心噗噗跳动，全身都在颤抖。它从来没有这样近地观察一个大鸟。它看清了灰喜鹊的眼睛，甚至是睫毛。它觉得那一身灰衣服质料不错，可惜颜色令人厌恶。就在灰喜鹊啄碎了又一颗葡萄，高兴地大笑起来时，小圆迅捷地扑了上去。

它咬住了灰喜鹊的翅膀。灰喜鹊尖声大叫，一边用尖嘴啄它的眼睛。小圆紧紧地闭上双眼，真怕眼睛像葡萄那样被啄上一个洞。灰喜鹊扑动着，仿佛要把它带入空中。小圆用小巴掌敲打着灰喜鹊的脑袋，一边将身体移动到对方的脊背上。它想这一次可逮住了一个偷吃葡萄的贼。灰喜鹊在小圆的身子底下不顾一切地挣扎着，尾巴上的一串长翎像扇子一样猛烈展开，把小圆翻了下来。但它的嘴巴还紧紧地咬住翅膀……灰喜鹊扑打着、尖叫着，渐渐呼唤来一群同伴，在它们的头上惊恐地翻飞、呼喊。小圆有些害怕了！它这会儿想起了泥屋的主人们，也想到了老当子……灰喜鹊挣扎着，终于留下一根灰色的羽毛，飞得不见了踪影。

小圆鼻子上落下了一个小血口子。它叼着这根羽毛回到了泥屋。

全家人围着它，默默地坐在炕上。安兰用手去理它的脊背，又取来一块红薯给它吃。全家人都在等着爷爷回来——他一大早就被老黑刀那伙人叫走了。

天乌黑乌黑了，爷爷才回来。大家松了一口气。爷爷蹲在屋子角落里吸烟，不住地咳。他自语似的说："我种了葡萄，三棵，后来只活一棵；来年，我又种了三棵，活了两棵……我种这几棵葡萄不容易，葡萄熟了舍不得吃，拿去换粮食。我是逃荒来的，我不是地主……我种了葡萄，种了个小葡萄园，用它换粮食……"

夜里，小圆躺在枕头边上，听着两位老人交谈。它终于听明白了：老黑刀领着一伙人围斗老爷爷，说老人就是过去的"园主"，是个阶级敌人。一伙人大都黑着脸，只有几个妇女嘻嘻哈哈。有人把老爷爷推推搡搡，老爷爷站不住，老黑刀就厉声喝一句："站稳立场！"……

天亮了，老爷爷从枕头边上捡到了那根灰色的羽毛，像是突然想起了什么。他召唤一声老当子，挎上猎枪就走出了泥屋。

小圆原来以为老爷爷又要去打猎了，但走到园子深处立刻明白了：老人是领上老当子来驱赶灰喜鹊的。

灰喜鹊似乎比以往任何时候都多。它们一会儿从这个架子上飞起来，一会儿又喳喳叫着在半空里回旋：像一片乌云，像一股肮脏的烟。小圆恨不能也飞到空中，去和它们搏斗——它这时觉得鼻子上的小口子又钻心地疼起来。

老当子愤怒地吼叫，声音威严。小圆不知怎么，这一瞬间觉得老当子是一个男子汉了。

老爷爷仰头望着翻飞的鸟鹊，一脸深皱痛苦地活动着。他望了一会儿，放开喉咙呼喊起来："啊呼——哟——嗬哉——！"

灰喜鹊惊慌地聚到了一起，落在一棵杨树上，一声不吭了。

"啊呼——哟——嗬哉——！"

老爷爷呼喊着，一边摘下肩上的枪，往杨树那儿举着，威吓着它们。

杨树上仍然没有声音。园子里死一样沉寂。

老当子瞅着那棵杨树，嘴里发出低沉的"呜呜"声，脊背弓起，毛也奓了起来。

小圆一声不吭地踞在葡萄架上，一切都看得十分清楚。它知道老当子不会爬树。它不知道老爷爷会不会用右手的食指去扳动那个弯铁片——如果扳动，就有一声霹雳。

灰喜鹊一直待在杨树上，不再啄食葡萄，也不愿离开园子。它们分明是要挨过这个时刻，重新来糟蹋葡萄。

又待了一会儿，小圆看到老爷爷右手那根黑黑的食指向土枪的扳机伸去。它捂上了耳朵，但还是感到了一阵强烈的震动。枪口吐着暗红色的火焰，刺鼻的硝烟味儿弥漫开来。小圆看到老爷爷的枪口抬得很高，明白他是故意吓唬它们的——灰喜鹊"呼"的一声从杨树上飞起来，飞得很高，飘到芦青河的对岸去了。

老当子箭一般跑向杨树，但没有多会儿，它又回来了。

小圆嘲笑地看着空手而归的老当子。

老爷爷在园里走着，伤心地看着在架子上变坏了的葡萄。他伸手摘下几个颗粒尝了尝，又赶紧吐了……小圆知道被啄过的葡萄是什么味道。它沿着葡萄藤往前奔跑着，架下的老爷爷和老当子都没有发现它。它在高处观察着老当子的傻相，觉得十分有趣。老当子走起路来昂首挺胸，胸脯很高，一双眼睛东张西望，黑色的长嘴一甩一甩的。有时候老当子停下来，低头去嗅嗅地上的什么东西,蚂蚁顺着鼻子爬上脸颊,它就用力地摇头,嘴里喷着气,发出"费!费!"的声音。

突然老当子定在了原地。小圆爬到架子的最高处,看到了站在一个葡萄架后面的老黑刀。黑汉正把下嘴唇咬在牙齿里,弓着腰从葡萄枝叶间望着老爷爷。停了一会儿,他故意咳起来。

老爷爷站住了。

老黑刀走出来,大背着手端量老爷爷。

小圆看到老当子急忙溜到了老爷爷身后。

老黑刀伸出手说:"我看看你的枪。"

老爷爷迟疑了一下,只得从肩上摘下来,递了过去。

老黑刀拉了拉枪栓,哼哼地笑。他自言自语地说:"什么古怪东西。哼哼,是个老货儿了。老货儿使用老货儿。"这样咕哝了一会儿,他把枪掮起来,说一句:"武器没收了!"

老爷爷慌慌地喊了一声"啊?!"向前追了一步。

老黑刀伸出一根食指,用力地点着老人的胸脯说:"反革命也允许有武器吗?"

老爷爷叫了一声什么,跌坐在地上。接下去,他一直这样坐着。太阳在空中移动,树荫儿慢慢离开了老爷爷和一声不吭的老当子。老爷爷咕哝着,小圆听清了,他在说:"我的枪!……"

老爷爷从此没有了枪,也不再打猎,老当子也不必跟在他的身边奔跑了。

小圆在园里玩耍,多次见到老黑刀和几个人在葡萄架下放枪取乐。有一次一只美丽的乌蓝鸟飞来了,老黑刀瞄准它放了一枪。乌蓝鸟的羽毛全被硝烟炙成黑色,很多地方露出了皮肉,淌着血死在泥土上。小圆惊得说不出一句话,呆呆地瞅着跌下去的乌蓝……

就在乌蓝鸟被打死的不久,有一次老爷爷领着老当子走到园子里,老黑刀躲在葡萄树后面向老当子瞄准了。

老爷爷几乎和小圆同时发觉了那个黑色的枪口。老爷爷大叫一声,抱住了自己的狗……

从此,老当子就被老人拴上了锁链,缚到了泥屋前面。

这个秋天的末尾，当一串串葡萄干在架子上蒙了一层白霜的时候，老爷爷就长眠不醒了。小圆见泥屋里的人都在泣哭，就跟着哭起来。老爷爷仰躺在炕上，紧紧闭着眼睛，睡得好香。

小圆再也没有见到老爷爷。

它看到老当子一直拴在泥屋前面。

明槐代替老爷爷去开会了，代替老爷爷回答"过去有多少葡萄树"之类的问题。

小圆不记得老当子被拴了多久。它只是记得那以后架子上的葡萄又紫了三次，眼下的葡萄是第四次变紫了……

它呆呆地踞在架子上，俯视着老当子，回忆着往事，已经说不清心中的滋味儿。它这会儿想起老当子该到园里跑一跑，一个多可怜、多寂寞的狗啊！它还想跳下架子去跟它玩一会儿，但一想起它的凶恶样子，只好作罢。小圆想无论是谁，只要拴在泥屋前面两三年，都会变得像老当子一样的暴躁。

小圆缓步离开了葡萄架，向一边走去。

沙土到处都一样温热。小圆的前爪给沙土印了一串串美丽的图案……它在这个秋天的温暖的阳光下,突然感到了一阵难忍的惆怅。有谁可以交谈呢?有谁可以结伴而行呢?

　　一只螳螂从一片树荫下走出来,伸长了脖子,目光迷蒙地望着小圆。

　　小圆走近了它,看着它一身碧绿的衣衫、手中的两把长刀、那个美丽的三角形脑袋。螳螂摇了摇头,似乎也不怎么愉快。小圆很想借它的两把长刀玩一玩,但螳螂却总是摇头。

　　原来它的两把长刀是长在了手上的——小圆不禁惊呼起来,它闹不明白这是怎么了?

　　螳螂告诉:园子里的坏东西太多了,它要时刻提防,刀不离手,夜间也不敢松开一刻,天长日久,两把刀也就长在了手上……小圆听了长长地叹气,它们又交谈了一会儿,就各自走开了。

　　小圆在葡萄园里奔跑着。

　　不远处传来喝牲口的声音,小圆知道那是明槐或者老鲁的大车来了。它害怕大马,于是就远远地躲开了。

后来小圆又攀上了高高的葡萄架。它有些渴了，就吃了两颗葡萄。当它低头擦嘴巴的时候，突然发现了架子下有一个小男孩。

小男孩穿了绿色的短裤，白色的衬衫，十分精神。他转过脸来，小圆看清了是小罗宁！它立刻高兴起来，很想扑到他的怀里。但它又发现罗宁锁着眉头，也就犹豫了。它想：罗宁怎么了呢？他要干什么呢？

三

老鲁和明槐的大车分担了整个葡萄园的运输任务。冬春里，两辆大车要从外边运进园里各种肥料和葡萄秧；夏天运农药、运包装果品用的蒲草等。秋天里赶车人是最繁忙的，要不停地运葡萄，跑码头和酒厂送货。他们常常早出晚归，摇动鞭子的手满是老茧。马车离葡萄园老远，园子里做活的人就从马的喷气声和赶车人的吆喝声中听出是自己的车回来了。如果是夜晚，则可以清晰地听见一串串马蹄声。

园里做活的人中妇女很多。她们的白头巾在绿叶间闪动,十分醒目。她们每人身边都放着一个筐笼,里面放着刚刚摘下的、有着一层白粉的葡萄。几乎所有包在白巾里的脸庞都是红润的,那一双双眼睛就像葡萄。她们的眉毛都很长,一直伸到头巾里去。大家摘着葡萄,如果凑到一块儿就说笑起来。她们不少人前几年还戴过红袖章,大多是跟上老黑刀热闹热闹。现在不戴袖章了,喜欢热闹的脾气还没有改。她们特别喜欢跟赶车的老鲁开开玩笑,也有的喜欢跟老黑刀闹。不过大多数人后来对老黑刀有些惧怕,不敢跟他随便搭腔了。

大车辘辘驶进园里,女人们哈哈地笑。她们不做活了,坐在笼筐上,吃着葡萄,呼喊着老鲁的名字。有的说:"老鲁,你给我捎回什么来了?"有的嚷:"老鲁过来,俺准备了这么大一串葡萄给你……"一边的人大笑。

明槐的名字没有人喊。他不喜欢开玩笑,因为他是小泥屋里的人——如今在所有人眼里,小泥屋都多少有些神秘和可怕了。当女人们卖力地喊着老鲁时,明槐总是一声不吭地往下卸东西。天太热了,他只穿一条短裤、一个背心。太阳照在他裸露的肩头上,肩头黑乎乎闪着油亮。

老鲁从车上跳下来,一晃一晃地走到女人们中间,接过一串葡萄就吃起来。等到老鲁的肚子有些鼓的时候,他的话就多起来了。女人们恼怒地迎击着,先动嘴,后动手,老鲁常常刚想挪步就被按到了葡萄架下。女人们捶打着老鲁,揪他的耳朵,他放开嗓门叫唤着。女人们松手之后,他抖落了一身沙子站起来,说:"又给我松了松筋骨,嘿嘿,真舒服!……"

有一个姑娘总是离开打闹的女人们远一些,不吭声地做着。有人在远处喊一声:"曼曼——"她就低着头答一声:"哎——"并不离开。

曼曼刚刚十九岁,可是个子很高。她很爱自己的学校。后来因为学校里乱了,再不能上学,她感到十分痛苦。她的叔父就是老黑刀,见她一直郁郁不快,就说:"跟我到葡萄园去吧,那地方我说了算!"……曼曼刚来到葡萄架下,似乎总是低着头。当她抬起头来的时候,所有见到她的妇女都惊讶地喊一声:"哎呀!"

曼曼太漂亮了。曼曼的眼睛才像葡萄,而且永远像早晨的葡萄。她的前额稍有些鼓,光光的引诱别人用手去弹击。真的有一天一个妇女伸手去弹了一下,使曼曼十分愤怒。她就一直用那双水灵灵的眼睛看着对方,使对方慌促地搓起了手掌……曼曼走到哪里,哪里就安静,葡萄的香味似乎也浓了。

她低着头做活,有一次抬起头来,正好看到了一个像她一样沉默的男人。

这个人就是明槐。他当时正坐在一匹白马的身侧,两手放在膝头上,注视着面前的一片沙土。他一动不动。

白马静静地站着,头颅微低。它身上没有一丝别的颜色,是一匹真正的白马。此刻它的一双秀丽的眼睛正望着前方的一片绿色,浓密的睫毛不时活动一下。

明槐两条长腿支在地上,双脚已经陷进了沙土里。

曼曼在想:这个男人如果骑上这匹白马呢?……

她胡乱想象起来。白马长嘶一声，男人跨上了马背。白马奔驰着，出了葡萄园，来到了辽阔的原野上。绿草无垠，在风中滚动的绿色波浪犹如一片海洋。白马踏着波浪前进。男人的长腿夹紧了马腹，身躯挺起，海风吹乱了他的头发。有一绺头发遮住了他的眼睛。更远更远的地方，仿佛是荒滩的尽头，正传来了咿咿呀呀的歌唱。那歌声又熟悉又陌生，白马迎着歌声而去……

明槐从白马身旁站了起来。他牵着马去饮水了。

这会儿老黑刀不知从哪儿钻出来了，看了一眼跟女人们打闹的老鲁，又转身厉声喊住了明槐。他走到明槐身边，伸出一根手指，面色冷峻。明槐看着老黑刀，神情木木的……老黑刀挥了挥手，明槐才往前走去。

老黑刀转回身子，脸上立刻有了笑意。他往摘葡萄的那些妇女一边走去，老远就呼喊道："老鲁，你这个'叛徒'！跑这儿胡掺和什么？惹火我了给你一枪！"

老鲁再不敢犹豫，跳到他的车上干活去了。

老黑刀过去跟老鲁还算过得去，常常招呼他用大车拉上网具到海上玩。后来老黑刀发现老鲁经常去小泥屋，就厌恶起他来，常常跟他喊"叛徒"了。老黑刀有一次对园里的女人讲起老鲁来，冷着脸说："早晚还不收拾他？"

女人们见老黑刀走过来大多不吱声了。少数几个女人捏起一个葡萄粒，照准老黑刀的眼睛就猛一用力，使葡萄汁射到老黑刀的眼里。老黑刀用手抵挡着，嚷道："反正看不见了，反正看不见了……"摸摸索索赶上去，搂紧那些捉弄他的女人，一个一个重重地摔在地上，又用脚踢一下……旁边观望的人都大笑起来。

被老黑刀摔倒的女人躺在温热的沙土上再也不起来。她们让热气熨着身子，舒服得嘴里发出"呋呋"的声音。老黑刀坐在筐笼上，吃着葡萄，得意地看着四周。停了一会儿他命令躺倒的人都起来做活，女人们偏偏嬉笑着不服从。老黑刀说："打闹归打闹，'抓革命促生产'可不能耽误！"

这时候葡萄架子间传过来马的喷气声。

曼曼向远处望了一眼。

老黑刀卷了烟，吸一口说："这几天要加紧些运筐笼，添两个人跟车做帮手。谁愿去？"

女人们一齐喊："我去！"——她们在园里有些腻了，都想跟车出去兜兜风。

老黑刀不置可否。

女人们又嚷起来，争着去。这会儿明槐牵着白马从葡萄架下转出来，老黑刀看着白马愣住了神。他笑了，说："嘿！"他拍打着膝盖，"真好马，嘿嘿，我原先没在意，咱园子里还有这么棒一匹马！嘿，想不到在我领导下还有这么好一匹马！"

老黑刀站了起来，摇摇晃晃走向明槐。他伸手抚摸着白马，嘴里咕哝说："你是个好马。你要拉革命车。你他妈的可不要只低头拉车，不抬头看路——你知道赶车的是什么人？你他妈的！……"他咕哝着，一边伸手从明槐手里接过缰绳，径自牵上往前走去。他走到那群女人身边时，喊一句："看我骑大马去！"

女人们兴奋地互相看了看，高兴地站了起来。

老鲁"哼"了一声，看一眼明槐，跳下车来。他骂着："这个浑东西，想怎么就怎么，还配当什么领导！"说着扯一扯明槐的手，往前走去了。

曼曼一声不吭地摘着葡萄，嘈杂声远去了，她想了想，也站了起来。

一伙儿人走出了葡萄园。

大海滩无比坦荡。一眼望去，绿草地没有边缘。回头看大葡萄园吧，它是草地上的一处绿色的建筑，是凸起于地表的一些小山峦，是大荒滩上的美丽城堡。好像大海滩上到处都是漫不经心地生出来的，而只有这茂盛地纠扯在架子上的葡萄藤是人工雕琢成的。大自然的其他生命会从这葡萄园开始去理解人类、理解人类创造的嗜好和能力，以及关于这些的一切特征吗？葡萄园当然是了不起的，它是按照人们的愿望，把自然界中这些够得上是漂亮的、像童话般神奇的一种植物集结到一起，使其在同一种氛围里生长、成熟，让所有生物都大开眼界，叹为观止。创造这个葡萄园的人也常常因为自己的创造而兴奋，不过这一切往往只在最初的日子里才能表现出来，日子久了，创造者会倦怠，甚至会厌恶，会嫉妒，然后就自己动手去毁坏那些曾经使他们欣喜若狂的创造物本身。这当然是一种病态。怎样始终保持创造的热情、怎样维护一种原有的鉴别力和欣赏力，使自己对待葡萄园能像对待某种艺术品一样地敏感，一直是千百年来的一大难题。人们惨淡经营，探索不止，结果又是怎样呢？大概世界上总有一个最好的办法。

人们恍惚记得一切的葡萄园都是从第一棵葡萄开始的。为了种植葡萄，就拓荒，生硬地排除其他草木。那时候葡萄活过来真不容易。葡萄树在荒原上显得何等弱小，何等孤独！那时候人们有一种保护创造物的强烈愿望，那时候葡萄园与未加雕琢的荒原对比强烈。这种对比会产生一种激情，长时间地激励着拓荒者。而拓荒者往往在一块土地上只会产生一批，他们的后代不会是拓荒者。因而他们的后代没有激情，那样的激情。他们的后代缺乏在大自然的强烈对比中所产生的那样一种震颤。于是人们生存繁衍下去，虽有拓荒者的血统，却失去了拓荒者的情感。某些对于生存来说极为重要的感知器官正在退化。这一切如果是真实的，是一种现实，那么葡萄园最终会消失。

承认这一切是不愉快的，是残酷的，但不承认也会发生。

那么，要寻找一种挽救葡萄园的最好办法，还是走出葡萄园，走到平等的大自然之中，去寻找热情，寻找对比，寻找不知何时遗失了的那么一种激情。这不，人们走出葡萄园了，放眼望去，草地、杂树林子，直望到天边，感到和看到的只是一种旷远和辽阔，是渺茫无尽的一种空间。回头看看葡萄园吧！它太工整、太有限、太脆弱、太可爱又似乎太不值一提了。哦哦，我们的葡萄园，我们用血汗和泪水浇灌的葡萄园，我们的令人痴迷又令人癫狂的葡萄园，你为什么这么小，又这么苍老？多少人在你的身边争斗吵闹，折损了你的茎叶，把你整得血迹斑斑。你结出了甘甜的果子，你的果实美丽如处女的眼睛，或者说处女的眼睛美丽如同你的果实——而人们又是怎样对待这些果实的呢？他们眼看着它被糟蹋，在架子上慢慢烂掉。每天清晨你都在泣哭，泪水落在沙土上。你在哭自身的命运，还是在哭与你相处的人类？

大家走出葡萄园了。一个黑汉手牵着一匹白马。

人们回头看看自己的葡萄园，又转过脸看看白马。后来大家终于不眨眼地去看白马了。

黑汉往白马身上爬着，白马光滑的脊背使他一阵阵难堪，后来他往手上吐了口唾沫，粗野地骂了一句，更起劲地往上一蹦，两手抓紧了马鬃。

他原来只是一个愚蠢的汉子。人们的目光聚在愚蠢的东西上，而没有去尽情地展望原野，这太可惜了。这等于没有走出葡萄园，这结果只会是一场闹剧。

老黑刀抓住马鬃上了白马背，很多女人都兴奋起来了。有的喊："老黑刀——！老黑刀你打马跑啊！"

老黑刀得意地揪紧缰绳，做远眺状，然后嬉笑着去看大家。

人群中站得稍远一些的那个姑娘就是曼曼。她低下了头，为一个愚蠢的叔父感到害羞。她捏弄着自己的手指甲，直听到嗒嗒的马蹄声，这才抬起头来。

老黑刀坐在光滑的马背上，身子小心地左右晃了几晃，然后骄傲地伸直两手，做飞翔状。白马颠颠地跑起来，老黑刀赶紧伏到马的身上。当马跑得稍慢时，他又立刻抬手做出射击状，嘴里喊着："忘了带枪来了，忘了！嘿嘿，好哇，我是骑兵啊——"

女人们大笑了，互相看着，有人看到了曼曼，就说："你叔父是骑兵。"

曼曼又低下了头。

明槐与老鲁一直站在旁边。明槐知道老黑刀的枪就是父亲前几年被夺走的那支。他默默地看着，见老黑刀用力地抓挠白马的鬃毛，心中不由地一阵恼恨和痛楚……白马跑着，一直向前跑去，老黑刀却用力扯紧了马缰，使它转弯，转回来。

老黑刀在人群前边跳下马来，擦着汗，大口地喘息，问："怎么样？这叫'马术'。"

女人们满意地拍打着巴掌，嚷着："再来一遍，再来呀！"也有的嚷："不怎么样，就差没让白马甩下来踩死了！"

老黑刀将马缰递到别人的手里，伸手拍了一个女人的后脑一下，问："你敢骑大马吗？"他喊完又转身端量着大家，问："谁敢骑大马？"

没人吱声。

老黑刀又问明槐："你敢不敢？——来来来，你

37

骑骑我看！"

明槐犹豫了一瞬，然后慢慢地走到牵马的人跟前，接过了马缰。所有的人一声不吭——大家都见到明槐默默地抚摸着马背，轻轻地拍打着它。他将白马往前牵了十几步，然后一跃上马。

马在原地转了几步，扬起长尾，向前方奔驰而去。

女人们紧紧盯住前面的马，张着嘴巴。老黑刀也傻愣愣地站在那儿。

曼曼只看见绿色的草浪间，一团洁白的东西在快乐地跃动，它跃动着，越来越远，越来越远，渐渐成了一个白点。阳光在草地上蒸发出的热气升腾起来，那匹白马和马背上的人都在透明的薄气之后颤动，像是要一块儿飞升起来。

大家都屏住了呼吸。老鲁像是突然记起了什么，放开粗浑的喉咙呼叫道："明槐——"

白马远去了。在绿草漫漫的海滩上，在荒原的那一端，印上了白马的蹄印。

又住了一会儿，那个白点在绿浪间出现了。人们不禁欢呼起来。曼曼高兴得跳起来，嘴里激动得叫出声音："啊！啊……"她的脸色那么红，鼻尖上渗出了汗珠。

老黑刀对人群骂道："胡咋呼什么？他妈的还跑了他不成？都给我回园里做活去！"

没有一个肯提前离开这儿。大家都看着明槐骑马奔驰过来……明槐的脸庞被阳光照得发亮，浑身披上了一种光彩。他脸上没有欢笑，只有一位骑手的庄严。他的马近了，慢了，马蹄嗒嗒。明槐跳下马来。

女人们中间发出几声尖叫。老黑刀喝一声："怎么了？！"喝过之后又冲着明槐叫道："你想骑到哪里去？你还能骑到哪里去？你他妈的想干什么？！"

明槐不作声，牵着马向葡萄园走去。

"谁耽误了'抓革命促生产'，我就饶不了谁！"

老黑刀走在人群的后面，恶声恶气地吆喝着。

大家又回到各自做活的地方去了……老鲁继续卸车，明槐忙着将马套到车上。女人们搬着葡萄筐笼，小声地笑着。

老黑刀看看马车，又记起了让人跟车的事，就大声问："你们谁来？"

很多人站起来嚷着要去。老黑刀正要说什么,曼曼从一边走过来了,大声说:"我也去。"

老黑刀就从人群中又指定了一个胖胖的妇女,和曼曼一起随车。没选上的女人们唉声叹气地坐下来,骂老黑刀不公。老黑刀说:"天底下哪有那么多公平!你们如果是我老婆,我都让你们出去快活快活!"……

曼曼和胖女人一人随一个车,上路了。

曼曼随的车由明槐驾。他们一路上没有说多少话。明槐喝着牲口,偶尔挥动一下鞭子。

半路上,明槐的车已经落下了老鲁一截儿。曼曼说了一句:"明槐,我问你个事情好吗?"明槐点了点头。曼曼就问道:

"在园子里——就是你去饮白马那会儿,我叔父叫住了你,样子怪吓人的,他说你什么了?"

明槐摇动着鞭子,没有吱声。

"明槐……"曼曼叫着。

明槐低着头,半晌才扬起来。他说:"我去看父亲和安兰的坟了……我怎么能不去?有一次让你叔父看见了。他告诉我,这是'反革命阴魂不散',要我好好等着吧。他大概要开我的斗争会……"

曼曼一句话也没有说。一路上，她总是默默的。

四

罗宁两年前抛掉了他的铁铲。他常常望着屋前粗粗的葡萄藤出神。夜间从窗上望出去，葡萄树的枝条纠扯在一起，像一片山峦，透着无比的神秘。婶母在夜间走出来，就是先要穿过这些葡萄藤的。

罗宁记得老奶奶发现婶母走到明槐叔窗下时，那副惊喜的眼神。他觉得这太奇怪了，这是不可能的。可是后来他自己也分明看到了一个朦朦胧胧的影子。那个影子漂亮极了。

他还记得老当子嗅着那个影子，摇动着尾巴，躺到窗下去睡觉了。奶奶也说：如果不是婶母，老当子决不会这样的。

罗宁平常听得最多的就是老奶奶的故事。现在他不那么想听了。他的心头被一个秘密压得紧紧的，总感到沉甸甸的。他于是常常不顾奶奶的管束，一个人跑到葡萄园里，在一片片绿荫下徘徊。他似乎在寻找秘密。

　　第一批葡萄快要收完了，园子里开始安静。除了啄食葡萄的灰喜鹊之外，其他的鸟雀都可以算作葡萄园的客人。今年的灰喜鹊也许算错了日子，至今还没有成群地涌进园里。罗宁听奶奶说过，往年的秋天里，园里的人要费好多工夫去驱赶灰喜鹊。她不能做别的活儿了，她的年纪大，又不愿闲着，就给园里赶走灰喜鹊吧。那些日子里，她就在葡萄架下奔忙着，拍打着手掌，呼喊着，看着一群群嘴馋的东西从这个架子落到那个架子上……

　　罗宁很想去看一看爷爷和婶母的坟。

　　过去的春天里，奶奶都要领上他去两个坟头，烧纸。那时他心头有掩饰不住的高兴，他老想，那儿有花，有青草，有马兰，好玩极了。在坟头前边，奶奶和叔叔用一根树条画个半圆，然后在里面点燃了黄纸。奶奶和叔叔跪了，让小孙儿也跪下——罗宁觉得这一切都那么好玩……后来园子里有人不准他们随便去坟边了。奶奶和明槐都在半夜里去，像做贼一样偷偷摸摸。

坟地在葡萄园的边缘地带。那里有花，有青草，有马兰。罗宁一个人向那儿走去。有什么在头顶上弄出了声音，他抬头一看，见是小圆伏在架子上。它的尾巴紧紧贴在身侧，一双眼睛那么专注地盯着他。罗宁想招呼它一块儿走，但想了想也就作罢了。

早晨刚刚过去，朝霞还没有退尽。彩色的阳光从葡萄架的空隙洒下来，把他的身上脸上都照花了。罗宁每一次仰起脸看这阳光、这紫色的葡萄穗，心中都涌起一股说不出的滋味儿。他真想大声呼叫，想跳跃，想在地上滚动，想猛力攀到架顶，去看整个的葡萄园……园里如今是太沉寂了，那些能吵闹的妇女如果不凑在一起做活，园里就是这样默默的了。她们很少能看到罗宁走出来，如果看到了，就喊："喂，小男孩儿！过来——"罗宁当然不想走过去。她们就把他抱过去，抱在怀里。她们抚摸他，小心地看他露在外面的皮肤，嘴里发出"啧啧"的声音——罗宁这时候总想到母亲，想到母亲身上特有的那种温热和柔软……罗宁终于忍耐不住了,他一边走,一边迎着阳光大声呼叫:"啊——啊哟——啊哈哉——!"

这种叫法是他跟奶奶学的;而奶奶,又是跟老爷爷学的。

园子里发出了微弱的回声。罗宁高兴得笑了。

脚下有一片潮湿的沙土,因为这儿总被四面的架子遮住。湿沙土上,长满了一些阔叶儿青菜和开花的草。有一种大叶子菜叫"猪耳朵",也是猪最爱吃的一种菜。那一簇淡蓝色的小花,颜色那么浓,一枝枝紧紧地挨在一起,像土地上点燃的一些硫黄——罗宁有一次夜间看过配制农药水液的人点了一块硫黄玩,它就发出了蓝色的光束……他蹲在湿沙土上看着,真想把那棵花挖走。一个翅上有黑点的黄蝴蝶飞过来,罗宁就离开了那簇花。蝴蝶落在了蓝花上。

他往前走去,一路上又遇到了好几棵这样的花。

蜜蜂在园里飞来飞去,落到葡萄叶上,又很快飞走。蜻蜓不慌不忙地、平稳地飞着,飞到罗宁跟前,罗宁就迎着它的翅膀吹了一口气。在没人经过的一些角落里,蜘蛛牵上了网子,一个个花脚红斑的蜘蛛在网上活动着，像是用脚爪去拨动一些丝弦。青蛙猛地从草棵里蹦出来，这儿一个，那儿一个，像是从地底射出的一支支箭。它们经过的地方都惊动起一些蚂蚱，蚂蚱又蹦又飞，在阳光里显得浑身通亮。一个无比勇猛的大绿蚂蚱不巧撞在罗宁的身上，他就逮住了它。它在手中挣扎，用多刺的两条长腿去蹬罗宁的手指，把手指扎出了血。罗宁觉得它太不友好，也就用力地往上抛了一下，像抛一块石头：它在半空里展开了翅膀，真像一只小鸟啊！而真正的小鸟却在更高的空中飞来飞去，发出"滴溜——滴溜——"的叫声。小鸟每叫一声，身体就往前猛地推进一次。另一些前不久还像小鸟一样欢叫、一样飞动的蝉，如今却死在了葡萄架上。它们看去如同活的一般，眼睛闪着一层光亮，双翼依然透明。罗宁试着摘下几个蝉来，见它们的爪子都伸开来，明白了它们直到生命的最后一刻还是牢牢地抓紧了藤子。

　　快到葡萄园边了。罗宁看到了墓地上稀稀落落的几棵杨树。他的心跳起来。

　　罗宁伏在葡萄架上，望着架子的那一边。他突然发现前边有什么在活动,碰着了葡萄叶子。他很想转身跑开,但身子却执拗地靠在架子上。一会儿,一个姑娘走出来——是曼曼!罗宁认识她,刚要喊她一声,但看到她手里捧着的东西,就闭上了嘴巴。

曼曼手中捧了一棵闪着蓝光的花。她走到坟边,蹲下来,小心地把花栽上了。

罗宁这才注意到,爷爷和婶母的坟前,已经有好多这样的花了。

曼曼站起来,久久地望着什么,身子一动不动。

罗宁叫了她一声,从葡萄架下钻过去。曼曼吓了一跳,见到罗宁,这才镇定下来。两个人都坐在了沙土上,看着坟前一个个蓝色的花簇……

"这都是你栽的吗?"罗宁问。

曼曼点点头,又摇摇头。

她不高兴,心事重重的样子,这点罗宁一眼就看出来了。他们就这么坐着,谁也没有说什么。停了一会儿,罗宁问:"这是什么花?"

"灯盏花。"

"这种花样子真怪啊。"

曼曼点点头说:"傍晚,别的花都看不见了,只有这种花在黑乎乎的地方一闪一闪的……它有点像火苗儿,一闪一闪……"

罗宁惊奇地大睁着眼睛:"真的吗?"

"真的。"

"为什么?"

曼曼摇头:"这谁知道。有人说这种花是人的魂灵变的。好人死了,他的魂灵就变成这种花,在园子里闪闪烁烁的……"

"园里好多灯盏花——我路上见到了。"

"它们都是好人。"

罗宁长长地吐了一口气,盯着眼前刚刚栽上的花,紧紧地皱着眉头。他自言自语地说:"那么爷爷,还有婶母,他们也变成了这样的花吗?曼曼?"

曼曼的眼睛闪着晶莹的亮光。她把罗宁抱在了怀里,把头靠在他的脸颊上。

罗宁一动不动,他感到曼曼的胸脯在跳动。曼曼抚摸着他的头发,仔细地抻理着弄皱了的衣服,轻声说着:"你见过婶母吗?你没有。她长得好,刚来葡萄园那会儿，人们看她看得都忘了做活儿。她像我这么高，可比我好看多了。我记得第一次见她，她穿了一件毛线衣服，紫嘟嘟的颜色，紧领儿……她用手理我的头发，说我的头发真滑啊。那时候我初中还没毕业，放假的时候就来园里做活。大家渴了的时候，就随你婶母到家里喝水。她从柜子里拿她做的手工活给我们看。她剪的窗花真好，贴了两个窗户，剩下的就分给我们大家。如今大概还有人家里放着她剪的花……"

曼曼说着说着声音变涩了。

罗宁偎在她的身上，真想大哭一场。他想把婶母夜间去找叔叔的事告诉曼曼，但想了想还是忍住了。

曼曼又问："你知道婶母是怎么死的吗？"

罗宁说："病死的。"

"病死的！"曼曼恨恨地重复了一遍，抬头望着远处，没有吱声。这时的葡萄园里没有一点声音，远远近近都是那么安静。做活的人们呢？她们的歌唱和喧闹呢？老鲁和明槐的大车呢？……葡萄树藤蔓纠扯，叶子浓密，一层层望也望不透。在这葡萄的绿海之中,在这令人难以忍受的沉默之中,又到底蕴藏了多少故事?

曼曼紧紧地搂抱着罗宁。罗宁抬起头来,看到的是曼曼那双又大又亮的眼睛。这双眼睛正在看着他,使他想起了母亲的眼睛。母亲的眼睛像曼曼的一样温柔,一样灼热。他看着那长长的睫毛,心中有一股热乎乎的水流在缓缓流动。曼曼的目光从罗宁脸上移开,重新望着远处了。她的声音低得快要听不见了,像是在叮嘱她自己什么一样。

"她是病死的……可她受了欺负,死得冤枉……"

罗宁从她怀中挣脱了,惊叫道:"婶母?"

曼曼嘴唇哆嗦着,突然伸手抱住了罗宁,不停地亲吻他的脸颊、他的眼睛,泪水沾了他一脸。罗宁的心剧烈地跳动起来,他喘息着,大声说:

"婶母活过来了!她半夜里——我和奶奶都看到了,她半夜里就到叔叔的窗下去了,奶奶说他们有好多话要说。他们说,说个不停,老当子也知道,不过它不喊,它认识婶母!……"

曼曼一把推开了罗宁,站起来,盯着他。

"这是真的！你去问奶奶！老当子也看见了……"

曼曼的牙齿咬住了下唇，不停地颤抖。她这样站了好长时间才坐下来，说："这不会——你和奶奶一定是看花了眼。人死去了就不会活，也不会说话了……"

罗宁有些委屈地嚷道："这是真的，我亲眼看见的！"

曼曼摇着头："也许你真看见了，不过那也不会是真的……"

罗宁难过得哭了起来。他擤着鼻涕，蹲在了地上。

曼曼说道："人死了就不能活过来，也不能说话了。那些好人死了，就变成了灯盏花。它们一闪一闪的，就等于说话了。我把灯盏花移栽到坟前，就是怕老爷爷和婶母孤单得慌。"

罗宁这才明白了坟前为什么有这么多的蓝色的花。不过他心中还是感到委屈极了。他一声不吭。他真想大喊着告诉曼曼："你要不信就去问叔叔吧！叔叔心里才清清楚楚呢！"他只是这么想，却没有说出来。

两个人沉默了一会儿，曼曼说话了。也许是要故意将话题引开吧,她问:"你想不想爸爸妈妈?他们在哪里?"

罗宁也不太清楚他们的事情。他只是从叔叔和奶奶的嘴里知道一点他们的情况。爸爸妈妈近来也不怎么捎信了。奶奶说他们已经顾不上小泥屋了。有一次叔叔读了城里的来信,跟奶奶说了几句什么,奶奶就擦起了眼睛。罗宁告诉曼曼:爸爸和妈妈已经不在城里了,他们分别在两个农场劳动。他们离得很远。

曼曼再不作声了。

罗宁又说:"叔叔和奶奶都说,他们不定什么时候就来园里把我接走了。"

曼曼的眼睛望望四周,问:"你喜欢我们的大葡萄园吗?"

"喜欢。可我不喜欢老黑刀。"

"你喜欢奶奶——喜欢叔叔吗?"

"喜欢!"

曼曼的眼睛又渗出了泪水。她又抱起了罗宁,重新亲吻着他的脸颊和眼睛……

五

灰喜鹊又涌到葡萄园里来了。它们往年来得更早一些,如今迟到了,就不顾廉耻地大喊大叫,拼命地糟蹋起葡萄来。园子里有五六个人要专门去驱赶灰喜鹊。园子里再也没有宁静了,到处都是一声声长喊,此起彼落。女人喊,男人也喊。男人和女人远远地对喊,开着玩笑。老黑刀背着那杆土枪在园里晃着,高兴了就放上一枪。

有一次老黑刀打到了四五只灰喜鹊,就在地上点火烧起来。烧熟的鸟肉只有小红薯那么大,黑溜溜的。老黑刀一边吃一边说:"他妈的!谁想到这东西去了毛才这么小。没吃头,嘿嘿,贱气东西……"

小泥屋的老奶奶也出来驱赶灰喜鹊了。她出来赶鸟也不挣工钱。只是她一听到满园的呼叫声就坐不住,就要走出来。她在园里奔忙着,有时老要跌倒。她的衣服沾满了沙土,白头发被风吹乱了。她呼喊的声音和腔调与所有人都不同："啊呼——哟——嗬哉——！"老奶奶的喊法像去世的男人一模一样。

灰喜鹊总是离开老奶奶很远很远。它们更畏惧这熟悉的声音。

小罗宁就跟在奶奶的身后。他也像奶奶那样喊。奶奶站在树荫里喘息的时候，就高兴地摸着他的头，说："你爷爷听见他的小孙子这么喊就好了……"她说着，一句话没完就不吱声了。

有一天他们在园里遇上了老黑刀。老黑刀背着枪，见到老奶奶和罗宁，就嬉笑着摘下枪来，向他们瞄着。

老奶奶扯紧罗宁的手，小声说："不用怕，他是吓吓人……他是个畜生。"

老黑刀半响才收了枪，说："我看花了眼，我以为是只老狐狸——领只小狐狸……"

老奶奶说："我也看花了眼，我以为眼前是一只狼……"

罗宁恨恨地盯着老黑刀。

这天晚上，老奶奶和罗宁怎么也睡不着。老人不停地叹气。后来她想起什么，坐起来往窗外望着。外面什么也没有。罗宁紧挨着奶奶，一声不吭。老奶奶捶打着腿，说："明天我不去赶灰喜鹊了……我看不得那杆枪。那是你爷爷的枪，跟了他一辈子，后来被老黑刀硬是抢走了。我看不得那支枪。"

罗宁咬着牙关。

"你爷爷没了那支枪，就像失了魂灵。他夜里说梦话也咕哝：'我的枪！我的枪！'说着就伸手在炕上乱摸。他半夜里醒来，再也不睡，坐在炕角上吸烟，吸到天亮。这支枪是他亲手做的，那时候他还年轻。从有了枪，跟枪就没有分开过。当年这海滩上还荒无人烟，没有枪就没法过活。海滩上有野物，还有零星土匪，他们来了就得放枪……"

罗宁插了一句："打中过土匪吗？"

"没有。你爷爷是放枪吓唬他们。那年头当土匪也不容易，他们来了，你爷爷就抬高枪口放一枪，等于告诉他们这座小泥屋里有枪也就罢了。当土匪的也不容易，白天黑夜在外面窜，遇到什么吃什么，他们差不多都是穷人。不过他们都不是正经人，恶事做多了。这些人到头来没有一个能得好死，都得落在官府手里、村头儿手里，给砍了头、点了天灯……"

"什么是'点天灯'？"

"就是那么样了……你长大了才能知道这些。你爷爷反正从来没打死过土匪。有一天夜里刮大风，天阴，你爷爷听到动静，披上衣服出来——他看见一个大白布包袱，用一把刀插在土墙上，就知道是来了土匪。他回身取了枪，吆喝说：'朋友，出来吧，进屋喝碗茶。'谁知道这话音刚落，从黑影里飞出一把刀来，差点伤着你爷爷的脖子。你爷爷火了，冲着黑影就打了一枪……"

罗宁紧张地搂紧了奶奶，问："打中了吗？"

"打中了。点上灯去看了看，是个不满二十岁的男人。霰弹打在腿上，血不住地流。你爷爷叹着气，把那个人背进家里，让我给他裹伤……那个人后来在小泥屋住了三四十天，养好了伤才离开。再后来那个人就把你爷爷和我当成了恩人，在外面偷抢了东西，路过这里就从院墙上扔进一包，你爷爷随手再从墙上扔出去。他对墙外的人喊：'你还不务正业啊？你是逼着我再打枪啊？'墙外的人不吭声。你爷爷让他进来喝水，也没有声音。后来我和你爷爷都出去看了，见他坐在那里，两手捂着头哭，鼻涕眼泪的落了一堆……"

说到这里，老奶奶想起了什么，用衣襟去擦眼睛。罗宁也不作声，他在用力地想象着老奶奶讲述的情景。他似乎嗅到了火药的气味，听到了那个年轻土匪的呻吟声。老奶奶接上说：

"咱们家是外乡人，在这片大海滩上落脚可真不容易。那时候到处流浪，挑着一担子破破烂烂的东西，找个地方住下来。哪里也没有这样的地方，走啊走啊，看见了海，知道是来到天边上了。海滩也是有主人的，你爷爷去哀求人家，给人家看管海滩，这才落了脚。我们搭了泥屋，闲下来就种葡萄。没有吃的东西，就用葡萄去换粮食。那时候葡萄不像如今这么值钱，一筐子才能换来一捧玉米。你爷爷到河西岸的村子里，挑着筐子，走街串巷这么喊呀，直喊到天黑才转回来。我在家里等着粮食做饭，等得两眼发花。就是那几年有了你爸爸，你爸爸从小就跟上你爷爷栽葡萄树了。"

"爸爸后来怎么住在城里？"

"他十几岁上当兵了。先是在县大队，后又到什么纵队，再以后上了大学，毕业不几年就在城里成了家……他们爷儿俩种葡萄，屋前屋后，种得那个欢。葡萄树要种也容易：剪一根枝条插到沙土里，慢慢就长成蔓子，就结葡萄了……这地方风大，天冷，冬天时葡萄树不知冻死了多少，他们再从头干。小葡萄园子就是这么栽成的，你爸爸知道这有多难。除了栽葡萄树，闲下来你爷爷就到海滩上打猎。那时候杂树林子多，人在里面常常走迷了路。里面什么野物都有：狐狸、狼、山狸子猫、獾、兔子、山鸡……"

罗宁一听到打猎就来了兴致。他从炕上站起来，又被奶奶按下来坐了。窗外，老当子不安地活动着，嘴里小声地哼了几句。老奶奶听到老当子醒了，急忙伏在窗上望着。罗宁知道老奶奶想看什么，一颗心也不知不觉地加快了跳动。老当子转了一下身子，又呼呼地睡下了。

老奶奶坐到炕上，叹息了一声。罗宁问道："那时候老当子也跟上打猎呀？"

老人摇头:"那时候还没有老当子。它是小葡萄园归公以后才有的。你爷爷打猎打上了瘾,老往外跑,慢慢地你爸也有了瘾。两个人在沙滩上跑着,回来不光捎一些野兔、狸子,还带回一肚子稀奇古怪的故事。到后来我也闹不清这里面哪些是真的,哪些是他们编的。有一回你爷爷说,他们打猎走到了一片密林子里,遇到一条胳膊粗的大蛇,那蛇因为太大,头上也就长了鸡冠子,也会像鸡一样咯咯地叫。他说那一天万不该照准大蛇放一枪,结果惹怒了蛇王。往回走的时候,条条小路都让蛇拦住了,横一条,竖一条,并不咬人,光是躺在路上。他们实在没地方下脚了,就踏着蛇往前跑,跑回了家来。"

罗宁惊讶地张大着嘴巴,看着奶奶。

"还有一回你爷爷回到泥屋就扔了枪,一动不动地仰躺在炕上。我看他脸色像窗纸一样白,以为病了。后来他爬起来,喝了一碗水,说从今以后再也不打猎了。我问他到底是怎么了?遇到什么了?他就是不说。我问你爸,你爸呆呆地摇头,说闹不明白,父亲跑,他也跑,两个人就这么跑回了家来。

那一天我真害怕了。这样直停了好几天，你爷爷才到葡萄树下做活。他慢慢讲出了事情的经过：那天他们去海滩打猎，多半天了，只打一只山鸡；后来他们走到一片柳条棵子里，碰巧打了一只狐狸。两个人心里高兴，就往林子里最密的地方走。半头晌，他们来到了橡树棵子里，你爷爷知道这地方野物多，小心地提着枪往前走。走了不一会儿，身后有什么叫了两声，开始他以为是你爸发出的声音，就没在意，后来又听到几声，就回过了头去。老天爷！你爷爷看到了什么啊，他说离他们三十来步远的地方，有个东西像只老狼一样，站起来，只用后腿走路，前爪还使劲甩着，笑嘻嘻地往前走……"

小罗宁又站起来，大声问："真的吗？我不信！"

老奶奶又把他按到炕上坐了，说："我也不信。我也问你爸是不是这样？你爸说他当时吓慌了，看父亲两手抖着往回跑，就跟着跑起来。就是这样。反正那以后你爷爷再不敢去打猎了，老老实实在葡萄树下做活了。这样一直停了好多年,直到有了老当子，你爷爷才又试着去打猎了，不过还是不敢往远处走，光是在近些的杂树林子里转悠。你爷爷出去打猎，不光是时间长了忘了过去的那件事，要紧是让些野物气的。那些野物扒出葡萄秧子，嚼烂了刚长成小拇指粗的嫩芽。有一天屋里不知怎么窜进一只山狸子猫，满屋里跳，最后把盆盆罐罐打烂，窗户纸撕得稀烂，逃得没了影。你爷爷气得直骂，把他的土枪背起来，说了声：'人善有人欺！'就出去打猎了……"

"老当子胆大吗？它敢咬猎物吗？"

"老当子是个好人。它从来不咬那些老实的东西。它是个好人，脾气也好。"

罗宁不解地望着奶奶，他不明白老人怎么跟一条狗叫"好人"？但他听下去，也就明白了老奶奶把什么都叫成了"人"——罗宁反而觉得这样十分有趣，也更加亲切、更加好理解了。

老奶奶说下去："老当子守夜，葡萄熟了的时候它最辛苦，一夜一夜不睡。有一种小野獾爱吃小香瓜，也爱吃葡萄，那是个馋人。老当子夜里有多半时候要和它斗心眼。你看见窗外那棵大葡萄树了吧？粗藤子比你的腿还粗。它是园子里最大的一个人，辈分最高，园里的葡萄都是剪了它的枝蔓生成的,是它的儿子、孙子……它是个老人了,年纪比我小不了多少。我和它,园子里就俺这两个老人了。它的脾性我知道,我的心它也知道。我常坐在它跟前,和它说话。人老了就絮絮叨叨的,这个老人也一样。它说脚背疼,被什么东西磨坏了,我一看,见老当子的锁链子系在葡萄根上,磨出了黑乎乎的一道痕子。我赶紧给它解下来……我有什么话全说给这个老人听,它听了一声不吭,陪着我难过。"

"我的话它也听得懂吗?"罗宁好奇地问了一句。他从窗上往外看,见到的就是老葡萄树那密密的枝叶。他记起那个夜晚里,那个影子,就是婶母,从它的身后走出来,直走到叔叔的窗下去了。老葡萄树什么都明白,它什么都清楚?它会在交谈中告诉奶奶吧?

"老当子是个好人,给拴起来了,要不老黑刀就会杀了它。你爷爷被叫去开会,批斗一场下来,他就老上几岁。他们说你爷爷是个'园主',是个阶级敌人。说满海滩上,就这么一个'园主',要抓阶级斗争就

61

得抓小泥屋里的人。他们抓了你爷爷，用拳头打他，用皮条子抽他。这些谁都不知道，你爷爷一声不吭。夜里，他脱了衣裳，我才看见身上这一条一条伤痕。我不住地问老葡萄树：你也算个见证人了，小泥屋的人做过什么恶事？我们不就是种了几棵葡萄吗？我们不也是穷人吗？为什么有人非要这么折磨我们？他们的心真是铁打的吗？……老葡萄树跟着我落泪，泪珠一滴滴落到我脸上。它是园里年纪最大的人了，老人才知道老人的心事。有时候我夜里坐在一个蒲团上，也跟天上的星星说话。北斗也是个老人了，地上没有什么能赶得上它的年纪大。它直眼瞅着人间，世上的事情都装在心里了。它站在那里一动不动，直眼瞅着。葡萄园里的事它什么都看见了，清清楚楚。可我还是要跟它说话。谁叫它是一个老人，我也是一个老人……"

"一个老人！"罗宁自语着，在心里琢磨这几个字的意思。他这会儿似乎听到了一种特别的声音，一种不同于风鸣树响、不同于海潮的声音。他用心地听了一会儿，终于听出那是远处的河水奔流声。他自语道："芦青河……"

老奶奶接上孙子的话说道："那也是一个人。我是说芦青河也是一个人。它是个好人，就是脾气太暴了些……你妈来信那天，它哭了一天，它的心多软！那一整天我都听见它呜噜呜噜地哭……"

罗宁昂着头颅，在黑影里盯着奶奶的眼睛。他问："信？什么信？妈妈告诉她和爸爸去农场了——那封信吗？"

奶奶点点头，把孙子抱在了怀里："去农场了，你叔叔偏说那是个劳改场，是犯人去的地方……我儿子！好端端的怎么成了犯人？我不信，可有人从外边来，也说那个农场是个受罪地方，干活的人吃不饱，还有人看押着。你妈妈那个农场好些，离你爸老远，两个人连面也见不上……"

老人哽咽了，紧紧地搂住了孙子。

罗宁无声地哭着。他似乎什么都明白了。爸爸不能接他回城，原来是去了劳改农场。劳改农场又是什么？妈妈的农场与爸爸的农场有什么不同？他没有见过，他不知道。一种悲哀，一种童年无法接受的沉重压抑着他,使他哭了起来。他擦着眼睛,不知怎么眼前闪过了一些蓝色的小光点,他想到了灯盏花。他真想告诉奶奶、爸爸和妈妈,告诉他们:爷爷和婶母,还有更多的好人,都变成了灯盏花,在园子里闪烁着、交谈着。他叫了一声奶奶。

老奶奶没有听到。她只是一个人说着:"……老葡萄树是个好人,天上、地下,这么多好人。你们都听一个老婆婆说吧!男人死了,儿媳死了,大儿子在外面受罪。这全怨俺种了几棵葡萄,在沙滩上种了这么几棵东西。大儿子两口子原来过得好好的,我知道是坏人往他单位上去了黑信。大儿子再不得安生了,也跟上泥屋里的人受罪了。我如今才明白,我们种的不是葡萄,不是;我们种下的是几辈子的冤屈呀!……"

罗宁又听到了芦青河的奔流声:呜噜、呜噜。

"老葡萄树,你是个好人。你老了,这个园子里的葡萄树都是你的子子孙孙……"

六

白马身上流汗了。明槐吆喝一声，车子停下了。

两辆车都停在了树荫下，明槐和老鲁在车旁坐下来。老鲁吸着烟，端量着白马说："好。"明槐一声不吭地掐着一个草梗玩，不解地抬头看了看老鲁。

老鲁磕打着烟锅："一匹好马。半年以前还说不上好，这会儿行了。我赶了一辈子车，还是第一遭儿遇上这样的好马。"

明槐望着白马，两眼渐渐射出了明亮的光彩。白马是个母马，可是神情刚毅。只有那对秀丽的眼睛、眼上密密的睫毛，显示了女性的深深的温柔。它昂首望着远方，四腿直立，脖颈上雪白的鬃毛被风吹向一边。它的高挺的胸脯，浑实的臀部，还有披洒下来的长尾，都透着一种神奇和俊美。它站在那儿，安然沉静，思绪也许飘向了很远很远。旷野的风，一望无边的荒原上的风，正在它的胸间鼓荡。美妙的遥远的记忆，还有那一次在荒原上崭新的奔驰，都一起涌来。它激动地踏了一下前蹄。至今为止，它贞洁而纯白，周身没有一丝杂毛。当这银子似的高大身躯从碧绿的葡萄园中穿过，那白绿两色的映衬对比是何等鲜明！松软的泥土印着它深深的蹄痕，泥土也证明它是长大了。它渴望着什么，它要扬起长鬃奔驰。它藏起了自己的热情，这一切也许只有一个年轻的汉子知道。

这个汉子此刻不眨眼地望着多年与他做伴的白马。

老鲁吸完了烟，目光从白马身上收回来。他一转脸见明槐目不转睛地看着白马，就感到奇怪地"哼"了一声。停了一会儿，他伸手拍打了一下明槐的膝盖。

老鲁对转过脸来的明槐咕哝了一句："跟车的两个女人不来了，一下子车上空荡荡的……"

明槐搓搓手掌，没有吱声。

"这个老黑刀，冷一阵热一阵——刚让她们跟了两天车，又变了卦，让她们回园里做活。车上空荡荡的。"

明槐瞥了老鲁一眼："车上装满了筐笼，怎么空荡荡的！"

老鲁哼了一声："心里空荡荡的。"

明槐看了一眼白马，低头看着自己的脚。

"曼曼在你车上的时候，你的车就跑得快。你的车落下我半里路。"老鲁笑吟吟地说。

明槐的脸红到了脖根。他不安地站起来，又坐下了。后来，他的脸色又像平常那样木木的了。他把手里的草梗一截一截掐断，狠狠地抛到了路旁的泥沟里。他抬头看着远处，大口地呼吸着。

这是一条连接着葡萄园和酒厂、码头的沙土公路。两辆大车每天就奔跑在这条路上，去运送葡萄，去筐笼铺子里载筐笼。白色的沙土路面在绿树间弯弯曲曲，直通向一片瓦蓝的天空里。远处有车子驰过，腾起一股雾似的白烟。赶车人"噢哟、噢哟"地吆喝着，还有"嗒嗒"的马蹄声，都清晰地传过来。路旁是白杨树，油绿油绿的叶子，光滑的蛋青色的树皮。路旁的田野全是初秋的颜色，一种深绿色。大片的田野上没人，没有声音，只有默默生长着的庄稼和草棵、各种绿色的野生植物。一层淡淡的透明的雾气在旷野上浮着，使空气变得润湿了。青草和各种植物的野性的气味越来越浓，直涌进人的肺腑。这种气味能滋润那些外出劳作的男人，使他们永远有着力量和生气。

老鲁重新燃上一锅烟，说："老黑刀这个孬货，还能有那么好一个侄女！嘿嘿，想不到。曼曼是个好闺女，好得太出眼了。"他说着瞥一眼明槐，声音低下来咕哝了一句："太像了，差不多一模一样！"

明槐的两手抖了一下。他知道老鲁说曼曼太像安兰了！明槐的心急急地跳起来，他又去看白马了。

明槐永远也忘不掉安兰，这一辈子都把她装在心里了。安兰活着的时候十分喜欢曼曼，常把她带到泥屋里玩。她教她剪纸花，用钩针织一种奇巧的线衣。她们在园里做活也差不多总在一起。后来老黑刀训斥了侄女，说她"阶级阵线不清"，怎么能和小泥屋里的人来往呢？安兰再也不叫曼曼来家里玩了，平常也躲着她，安兰知道自己是小泥屋里的人哪！夜里，两口子躺在炕上，安兰一遍遍地追问家里的人过去到底做下什么罪孽了？明槐只得向她叙述一家人的历史。这一家人实在是清白得很。他们是被贫穷逼迫到海边上来的,用两个老人的话说,他们是"来到天边上了"。他们种了一小片葡萄园,吃尽了辛苦。这家人被叫成了"葡萄园主",可这家人至今还住在一个小泥屋里。这是一家受人欺辱的外乡人……安兰伏在男人的胸脯上泣哭着,说她本来就不该追问,说她认定了小泥屋里的人全是好人,才铁了心嫁过来的。她哭着让明槐原谅她,原谅一个刚来到小泥屋不久的人……

安兰过世的日子里,曼曼病得汤水不进。从那以后她变得沉默寡语了,整天谁也听不见她说话。她刚来葡萄园里做活时,手不停嘴也不停,一支歌接一支歌地唱着。园里的女人们都跟曼曼叫"乌蓝子"(一种叫声非常悦耳的鸟)。"乌蓝子"哑了,谁都知道她是为什么。老黑刀沉着脸,在葡萄架下背着手走来走去,也顾不得跟女人们说笑了。他走近了曼曼,就站下来看一会儿。曼曼不理叔父,这使老黑刀特别恼怒。那些日子里老黑刀经常去县上开会,已经是有名的人物。谁都知道老黑刀沾了他叔父的光,那个主任与县上的领导都熟得很,老黑刀去县上,就常替叔父捎上一些葡萄和鱼。所有东西都是分成一个个小箱,上面写了"某某组长""某某主任""某某指挥"……曼曼不理睬老黑刀。有一次曼曼盯住了他,说了一句:"我什么都知道!"她知道什么?她恨着自己的叔父吗?老黑刀气得浑身发抖,指着她说:"你、你给我滚出园子!"他接上又骂了几句粗鲁的话……可后来曼曼并未离开园子,她只是沉默地在葡萄架旁做着……有一天下雨,她穿着蓑衣走到园子里,见到明槐就把他叫住了,一动不动地盯着他……

那一天下雨,那一天下雨……明槐至今想起来,心还在噗噗地跳!那一天下雨……

雨水顺着她的斗笠流到蓑衣上,又流到裤脚上。一些水珠溅在她的眼睫毛上,溅在她粉红色的双颊上。透过雨帘,她的一双大眼在盯着他,使他不由地倒退了几步。他问:

"曼曼,有、有什么事吗?"

曼曼点点头。

"那你快说吧,别让你叔父看见。"明槐督促她。

曼曼四下里看了看，说："安兰去世的前一个月跟我说了半天话。她有几句话让我捎给你——那时我还不明白，后来才知道当时她把什么都想到了。我后悔没有帮帮她，我什么都想不到……"

明槐难受地咬了咬牙关。他看着曼曼，费力地说："你这会儿就把那几句话告诉我吗？"

"嗯。"

"你……说吧。"

曼曼的泪水一下子从眼眶里涌出来，与雨水交汇到了一起。她一直咬着嘴唇，看着明槐。停了片刻，她声音急促地说："安兰姐让我告诉你，她已经对不起小泥屋里的人了，对不起你……她先走一步了。不过，她说，她已经把照顾你下半辈子的事情托付给了另一个姑娘，她跟那个姑娘全部说好了……"

明槐惊讶地退开了一步。他声音粗浊地问了一句："她说的那个姑娘是谁？"

曼曼摇摇头："不知道。你自己看吧，到了日子，她会一块儿跟你去坟前烧纸，那个姑娘就是了……"

……

明槐活动了一下身子，揉了揉眼睛。他又抬头看了看白马。它此刻低着头，像是有些羞涩的样子。忽然它抬起头来，看了明槐一眼。他明明感到了白马那对明亮的眼睛里，有什么灼热的东西。他真想跑过去，依偎着白马，向它诉说胸中的一切。这个白马，这个白马！他与它相处得如同兄弟，亲密无间。雨天里，他脱下外衣披在它身上；坎坷的路上，他帮它往前拉车。当车驶了一段路程，他和白马都停下来歇息的时候，他就与它久久地在一起沉默着。深夜，有时他要到马棚里去照顾一下牲口，那时他就待在白马身旁，用手去抚摸它的柔软的嘴唇。他叫着白马，向它诉说着自己的事情、小泥屋里的事情……

明槐还记得那天的情景，一切都像是发生在昨天。

自从经过了那个雨天之后，他就再也没法使自己安静下来了。他每天几乎都要捏着手指算一下日子……终于到了给安兰烧周年的日子了！明槐激动得一整天不知该做些什么。他很早就来到安兰的坟前，悄悄地烧了纸，又小心地用沙土盖得没有痕迹。他后来就藏到了葡萄架后面，静静地等待，等待着那个时刻。

不知过了多长时间，四处仍然死一般沉寂。明槐的一颗心提到了嗓子眼，一直注视着前面。他不信这一切真会发生，不知道当那个姑娘走出来时，他会怎么样——走上前去，还是跑掉？他不知道。

一阵微风吹过来，四周立刻响起飒飒的声音。明槐四下里看了看，好像预感到这里即将要发生什么事情了……当他转过脸去，重新看前面的坟尖时，他差点儿尖叫出来——一个姑娘，不，她活生生就是安兰自己，站在了坟前，背向着他！……明槐跳出了葡萄架。

"安兰！"

他喊着。

她仍然背向着他。

"安兰！"

她缓缓地转过脸来——是曼曼。

曼曼向他点点头，动手烧纸……一缕蓝烟升起来，黄草纸化为嫣红的炭火，又顷刻间变为黑色的小碎片片。微风将纸灰往上旋着，曼曼急忙用沙土将烧纸的痕迹全部掩起来。

明槐呆呆地站在了那里,曼曼叫了他一声,他像没有听见。

曼曼羞涩地低着头,声音十分微小,但这一次明槐听清了:"明槐哥,这是安兰姐托付给我的事情……我听她的,不,是我先答应下来的。明槐哥……"

明槐还是呆呆地站着。住了一会儿,他突然转过身去跑走了……曼曼在后面喊他,他转过几个葡萄架,就什么也听不见了……

白马昂起头来,重新遥望着前方了。明槐的思绪从昨天挣脱出来,抬头看他的白马了。他顺着它的目光看过来,望到的仍是一片绿色的原野,是一片透明的烟雾。

老鲁被烟呛着了,不停地咳着。他的脸涨得发红,使劲用手按着下巴,还在对明槐说着:"你……吭吭,你真是个老实孩子,吭吭!我什么都看出来了,曼曼对你好,你不敢。怕个什么?吭吭!她叔父把你家整治成什么模样,曼曼你还不敢要?我要是你,你猜我,吭吭,怎么办?"

明槐迎着老鲁的目光,问:"怎么办?"

"她只要上了我的车,我就不让她下车啊!我快马加鞭,一溜烟儿跑到天边上去,去和她过日子去啦……"

老鲁说到这里站起来,兴奋地大笑,嫌热似的解开了衣怀。他笑了一会儿,又摇摇头说:"说是这么说,哪能呢!不过你俩好起来是理该着……泥屋里该有个曼曼才对……"

明槐不吱声了。

老鲁蹲下,用手戳戳他的胸脯说:"结结实实一条汉子,胆子小成这样,还是赶车跑路的人哩!"

"鲁叔……"明槐抬起头来。

"哼!"老鲁鼻子里响了一声,"那天我见你骑上白马在海滩上跑,我那个高兴!我心里想:英雄!明槐是个英雄!小子啊,你不看看你有多壮实,你他妈的两条长腿,地地道道一副硬汉骨架,你该添些胆气!"

老鲁不知怎么骂了起来,不知骂谁、骂些什么。

明槐的汗水从额头上流下来,紧紧咬着牙关。停

了一会儿,他伸手抱住了老鲁黑乎乎的手臂,说:

"鲁叔!鲁叔!你骂吧,你骂我吧。我不是条硬汉子,我也不配跟着你跑车……我是在这个园子里,在小泥屋里长大的人啊。鲁叔,有谁仔细想过小泥屋里的人一辈一辈怎么过日子呢?没有。他们忙自己的日子,愁自己的,笑自己的,不去欺负小泥屋里的人就算不错了。这家人从老远的地方来到天边上,是又穷又可怜的外乡人。这家人流血流汗种了片小葡萄园,吃的苦头没有数。鲁叔你能够证明:没有这家人拼死拼活开垦这片荒滩,种出一片小葡萄园,能有如今这片大葡萄园吗?你说,你说说看!"

鲁叔有些惊讶地看着满脸淌汗的明槐,如实地回答道:"没有那片小葡萄园,就没有这片大的……没有。"

"那好,"明槐喘息着,急促地说下去,"那好,那该好好照顾一下小泥屋里的人了,他们全都有功,是最先种下葡萄的人。可后来呢?小泥屋里的人全成了罪人,罪名就是过去他们有过一片小葡萄园。一家人成了别人的玩物,高兴了,谁都可以训斥他们。老父亲的枪给夺走了，还要叫到会场上，低着头，一站就是半天。我妈妈常常流泪，问她话也不回答……老父亲过世第二年，妈妈才哭着告诉我，父亲活着的时候，脊梁上全是伤。原来他们打了他。你知道，老人一辈子也没做过一点坏事，辛辛苦苦活过来，到头来还要落在那些人手里。你不要以为这些全怨一个老黑刀，不是，不是一个老黑刀。我原来也想：老黑刀死了就好了，后来才明白这是梦想。我也被叫去开会了，先是在葡萄园，后来去村上开，去公社开，认识和不认识的人都喝斥我。我吓得手脚直抖。四周的人拿了枪，有钢枪，有红缨枪，我知道他们怕我跑了，或者是怕我照准他们来那么一下子。可谁不知道我们没有枪了？我跑，我会跑吗？我开完会，一个人往园里走，老要回头看。我就担心有人喊一声：'看哪，他在这里！'然后'嘎勾'一声把我打死在地上……鲁叔，你看看吧，我胆子小成了什么样子！"

老鲁阴沉着脸，皱着眉头，一声不吭。

明槐继续说下去："……夜里，我从外面开会回来，妈妈还没有睡。我轻手轻脚往西间屋里走，就怕惊醒了她。她会问这问那,我怕她心里难受。她没过一天舒心日子,她真可怜。我悄悄躺下,可妈妈还是听见了动静,走进来,用手摸我的脸。她的手碰到我眼上,就沾了我的泪……安兰离开了泥屋我哭得没有了知觉,我也不想活下去了……很久以后我明白过来,我根本就不该把安兰接到这座小泥屋里!人家活蹦乱跳一个姑娘,小泥屋里盛不下。她这回走了,再也不回来了,什么都利利索索了!不过安兰死得太惨,她活的日子太短了,她才三十几岁。从那会儿我算明白了:小泥屋的苦难就该这家人自己挨,不能去挂连别人。自己挨吧,慢慢挨,总有挨到头的日子……"

老鲁愤愤地插嘴:"曼曼是谁?她是老黑刀那一族的人!她该分一半苦难去,理该着!她这一族人作孽太多了!"

明槐摇着头:"你不知道曼曼。你不该这么说曼曼。我现在分不清曼曼和安兰了,我觉得她们一样好,一样俊,心也一样。鲁叔,你不知道我心里想什么,一个人哪,一个男人哪!他爱上一个女人,让他怎都行！都行！他到死那天也忘不掉这个女人……这个女人！鲁叔，你知道我在说谁吧？我说安兰，也说曼曼！我心里的一股火日日夜夜在烧着，烧得好旺，我全身都给烧成了红火炭！鲁叔！你是第一个听我心里话的人了，你明白了我的心。我天天盼着什么，又天天躲闪着什么。我怕啊，怕小泥屋又多上一个好人跟着受难，我还不配拉上一个好人跟我一块儿挨苦日子。我就是这么战战兢兢活过来的，我就是这样一个人了……"

老鲁咬着牙关，有泪水从眼眶里流了出来。

白马垂着头，像在一直倾听着。这会儿它突然扬起长尾，声音激烈地长嘶了一声。

老鲁和明槐都被白马惊了一下，他们不由地全站了起来。

七

中午的太阳炙着葡萄园，到处暖洋洋的。一切的小动物都躲到阴凉里歇息了。园子里的人都在这个时刻里往海上跑了,去海水里痛快地洗一洗。罗宁走到园子里,除了见到小圆站在葡萄架的一根石柱上之外,没有见到任何做活的人。

他身上涌起一股冲动。他那么想跑到大海上去。

透过一层层葡萄架,罗宁听到老当子在泥屋前面的空地上烦躁地咕哝着什么。这时架子上的小圆激动地跃到了最高处,向泥屋的方向观望着。

罗宁踌躇了一会儿,终于向海边跑去。

从跑出园子的那一刻起,他就感到了海风在迎着他吹拂。这是一种绝对不同于葡萄园的奇异的风。它凉爽,带着一种腥咸和莫名其妙的什么别的气味,扑面而来。罗宁学着小圆和老当子的样子,蹙着鼻子嗅着海风,心里畅快极了。自从来到葡萄园到现在,他只看到几次大海。老奶奶不让他一个人到那儿去,他觉得这真有点像老当子一样被拴起来了——拴老当子是因为有人用枪向它瞄准,而大海上总不会有谁向自己瞄准吧?

穿过一片极其有趣的绿色草地,就看见浩渺无边的大海了。罗宁"啊啊"叫着奔跑起来，一口气跑到了近水处那片洁白洁白的沙土上。一些人在水中玩着，有的玩得非常认真，原来是在捉鱼。他四下寻找着自己熟悉的人，终于看到了那些妇女。

她们都将裤脚挽起老高，站在浅水里。一个个白色的头巾在风中飘动着，像在召唤着罗宁。她们之中真的有人看到了他，正用手指点着。

罗宁跑了过去。

大家呼啦啦地围过来，愉快地给罗宁脱了衣服，又将衣服团起来，送到远一些的地方。罗宁在她们手上挣扎，她们就紧紧地抱着他，往深一点的水里送。"真白呀，小家伙！"大家笑着，抚摸着他，最后"扑通"一声把他扔进了水里。

水开始有些凉，渐渐就温和了。罗宁想远远地逃离她们了。他潜进水中，故意睁眼看水下的东西。水下的沙子一粒粒清清楚楚，还有各种颜色的贝壳、韭菜似的水草。他愉快极了。他只想逃远一些去玩，因为他被剥得一丝不挂了，脸上有些发烧。

女人们眼看着罗宁跑掉了，七嘴八舌嚷着什

么。后来终于有人忍不住，就不顾衣衫打湿，在浅水里奔跑了；水深了，她们就游起来。

几个女人把罗宁围在水中，像网鱼一样将他裹住了。

罗宁红着脸嚷："我不喜欢这样！"

几个女人笑着："俺喜欢这样。"

罗宁真想哭一场才好。怎么办呢？她们好像根本就听不懂他的。罗宁往身上撩着水，故意撩得很高，落她们一身，发泄着心中的气恼。女人们却丝毫也不在乎，为罗宁搓洗着脊背和脖颈。罗宁一动不动地站在水中。有个女人撩着水说："这要是我的孩子多好，我只会生女孩子！"另一个女人说："干脆留着他给你闺女做女婿吧！挺好的一个小女婿子！"大家笑起来。罗宁的脸又发烧了。这会儿，有一个女人突然一动不动地僵住了，泪水缓缓地从脸上流下来。大家不吱声了。又停了一会儿，女人们就走散了。

罗宁盯着她们的背影，觉得奇怪极了。

他一个人在水中玩着，反而觉得孤寂了。他不明白那个流泪的女人——她哭起来没有声音，这更让人难过，心里老是沉甸甸的。他抬头看着海上的人：大家东一簇西一簇地凑在一块儿，女人们离男人老远老远。有的地方热闹得很，有人不知在嚷叫着什么，大概是逮住了大鱼吧。有一个熟悉的身影，正在稍远一点的沙滩上张望着什么，罗宁认出了她是曼曼。他向沙滩上走去。

曼曼刚从水中上来一会儿，裤子还湿漉漉的。她高兴地喊着罗宁，看着他到一边去穿了衣服……罗宁坐在了她的身边，心中开始高兴起来。

"你怎么上来了呢？"罗宁问她。

曼曼笑着："我累了。"

她的眉毛那么细，弯弯的，眉梢直插进白白的头巾里。罗宁觉得她比所有的女人都好看。他还记得那天在葡萄园里，她抱他的情景。一见到她，罗宁就有一种温暖和安逸的感觉，就像来到了阳光下、来到了母亲身旁。他想约曼曼一起到水中去游泳，又想和她一直坐在这白白的沙土上，或者手扯着手到绿草上奔跑。

曼曼看着海中的人，眉头皱了皱。

罗宁想起了那个流泪的女人，就问她是怎么回事？曼曼眼睛望着大海，说："她想起自己的孩子了。她的孩子前几年死了，和你一样大。那天夜里她孩子跑出去玩，因为月亮挺好，大人也不怎么放在心上。谁知孩子刚跑出一会儿街上武斗开始了，也不知哪一派闯进了村子。武斗直打到后半夜，还放了枪，天亮了孩子也没回来。当母亲的哭哑了嗓子，到处去找。几天后在一个水井里找着了尸首……"

罗宁吸着冷气，问："谁害他了？"

"不知道。那夜里太乱了。有人说是另一族人跟她家有世仇，趁乱把孩子推到了井里；也有人说是孩子乱中躲藏，一不小心掉进了井里……"

罗宁觉得身上的皮肤都绷紧了。他恍惚间又看见了葡萄架间伸出一支黑乎乎的枪口，向着自己瞄准。太可怕了。他不由地往曼曼身上靠了靠。

两个人一声不吭，直停了好长时间，曼曼才问了一句："你叔叔他们怎么没来海上？"罗宁摇摇头，说他大概出车了吧。曼曼的眼睛突然变亮了许多，看着罗宁，用手扳住了他的肩膀问：

"喜欢不喜欢看你叔叔骑大白马？"

罗宁站起来："当然喜欢了！他会骑吗？"

曼曼拍拍他的肩膀，让他坐下。她的眼睛望着绿色的海滩，伸手指点着："有一天，他就在这海滩上骑着白马，一会儿就跑没了影；后来他又出现了，先是一个白点，慢慢变大、变大，帅极了！"

"真的？"

"真的！"

"哎呀！"罗宁拍打了一下巴掌，恨不能这会儿就让叔叔把他抱到马背上，"我就没看到！我一定问叔叔去！让他以后带上我吧！……"

曼曼摇着头说："不会。他不会带上你。老黑刀不会让他骑白马了。"

罗宁的脸色肃穆了。他自语般地咕哝道："老黑刀！"

曼曼接下去又问老奶奶跟他讲了什么有趣的故事？问他这几天晚上看没看到那个婶母去找叔叔了？罗宁说没有，都没有。曼曼叹息着，望着远处的天色说：

"你再看不到婶母了。我说过，人死去就不能转活了。"

罗宁有些生气地看着曼曼，执拗地说："我看见过！我不会骗人！奶奶，还有老当子，都看见过！……"

曼曼盯住罗宁，好像被他的倔强激怒了似的，眼里慢慢渗出了泪花……罗宁有些害怕地站起来，说："真的，我没有说谎……"他一边说一边往一旁走去，不断地回头看她。

他沿着海岸无精打采地走着。

一簇簇的人围在一起，很热闹的样子。罗宁就像没有看到这一切，用脚踢着贝壳往前走去。他的脑海里出现了那些夜晚的情景，觉得真是奇怪极了。

前边不远处又有一帮子人在吵闹着什么。这儿大多是男人，也有个把女人。原来这儿是一处深水小港，平常只能停靠几只船。人群中有一个熟悉的粗嗓门，罗宁听出是老黑刀，就凑上前去。

这伙儿围在小港上的男人大多只穿一个短裤，露着黑红色的皮肤。他们中间那个摇动着手臂、不停喊叫的人，那个通体发黑的大汉，就是老黑刀。老黑刀大约要做跳水表演，两脚蹬在水泥台的边沿上，手臂不停地摇动。他回头瞅着大家，喊道："看好——看好——"却总也没有跳进水中。

罗宁惊讶地看着这个黑乎乎的躯体：两腿根部有水桶粗，鼓胀着，绷紧的皮肤闪着光亮，有三两条紫色的筋脉隐隐约约活动着。一双脚短而圆，薄薄地铺展在地上，像从腿上长出来的两个大吸盘，它吸紧了水泥台，所以碾砣般的身子摇晃再三也没有倒下去。腰上堆满了皮肉，一层一层像套了几叠子的黑面烙饼。当他弓腰时，皮肉伸开，闪出几道深深的、用刀儿划过似的白线。皮肤出油，阳光一照也就通黑油亮。

"看好——看好——"

黑汉又喊两声，大展四肢落下乌青的海水中了——他故意用强壮的身体去碰开水面，真像一把黑刀毫不留情地剁开了一大块翠玉，屑沫飞溅到空中；当断开的碧水重合时，又立刻发出轰隆轰隆的声音。黑汉像石头一样沉到了水底，水面是水泡、屑沫、冲撞的水头。大家探头看着，欢叫起来。不一会儿，一块黑黑的东西从水下漂上来，像漂了一块乌木板子。人们又一次叫起好来。这会儿浮上来的老黑刀用力踩水，使胸部在水线之上，拍打着胸口说："革命人民又怕什么？……"

老黑刀踩着水，伸手将头发上的水花撸掉，又朝上面的人做着各种手势。人们笑着，一边回身寻找女人们，见她们都走去了。老黑刀一个个端量着，突然发现了人群中的罗宁，立刻眉开眼笑，身体往上一拱一拱的，嚷着："你这个小东西也来了吗？我上去咬咬你……"一边嚷一边往上攀。

罗宁飞一般跑开了。

他一口气跑到了绿草地上，坐下来，留恋着海滩上的人影。水蒸气在阳光下升腾着，一切影子都在后面颤抖不停。他看不清曼曼了，爬起来，往葡萄园里走去……

这个夜晚，他失眠了。

他后来睡着了，梦见了一条黑蛇，在葡萄园里拧动，拧动，将老当子的锁链拧紧，老当子惨叫一声倒下了。

罗宁吓出了一身冷汗。他望着窗外,看到了老当子刚刚醒来。

一个黑影从葡萄藤里走来,走到明槐的窗下去了。

罗宁看到老当子的尾巴摇动着。他一颗心快要蹦出来了。

老奶奶睡着。窗外的老葡萄树在风中轻轻活动……不一会儿,那个黑影往回走去,她的身后跟着明槐!

罗宁眼看着两个人走进了葡萄园里。他小心地摸下炕,开了门,先贴着墙壁站了一会儿,等呼吸变细了的时候,就弯下腰,钻到葡萄树下……他趴在老葡萄的粗藤上,四处张望。那两个人呢?他们在哪儿?——不远处的一棵葡萄树下有两个影子,那棵年轻的葡萄树被他们的肩头碰得摇晃起来。

罗宁尽可能地靠近了那棵葡萄树。他想,他想极了,想亲眼看一看婶母,看得清清楚楚!他要把这一切只告诉一个人,就是曼曼……

婶母的脸看不清。她遮在一簇葡萄叶的后面了。

明槐在说话,声音又低又涩:"……我是个什么男人,我也说不清。我怕什么?我怕这座小泥屋了……真的,我怕它把你拘束坏了。小泥屋还装不下你……你不知道你是个什么人,你在我心上是个什么人。没有人再能比上你了,除了她再也没有。你在我心上,可你不能在小泥屋,就是这样,你不能……"

叔叔一个字一个字咬得又清晰又沉重。可是罗宁一句也听不懂。他几乎从来也没有听过这么晦涩难懂的话了,什么意思?——"在我心上,可你不能在小泥屋",奇怪的话!深夜里两个人跑到园里来说这种奇怪的话!

婶母叹息着,没有吱声。叔叔又说了:"什么时候我也忘不了你,小泥屋里的人都忘不了你。你不用等我了,你还是走出葡萄园吧,我看出你待不下去。你陪着小泥屋里的人难过,我更不好受……你走吧,到哪儿都行,到你愿意去的地方。你把我忘了吧,我配不上你。你太好了,太好了!……"

她一直没有说话,这会儿用手去捂叔叔的嘴巴。叔叔把她的手移开,继续说着。她终于生气了,说:

"我恨你!"

叔叔一声不吭了。

罗宁心中一惊：是曼曼的声音！他差点儿喊一声曼曼，但他用力忍住了。"不是婶母，不是……"他心里默念着，一切一切的谜一下子又涌过来了。他不知是难过还是高兴，眼泪老要往外流淌。他恨不能马上跑走，去告诉奶奶，可他的两脚却死死地定在了土地上，一步也挪不开。

她又说："……你让我走，你让我走出葡萄园，你让我一辈子老恨着你吗？"

是曼曼，是曼曼的声音！罗宁真想扑进她的怀里。"啊，曼曼，曼曼……"罗宁在心里呼唤着她，眼睛一眨不眨地看着他们。

叔叔嗓子颤颤地叫道："曼曼，曼曼！你恨我吧，你不能在小泥屋里，只能在我心上。你在我心上，我这一辈子就什么都不怕了。黑夜里出车，走得再远我也不怕，因为你在我心上，和我一起……"

"明槐！"曼曼叫了一声，突然伸出手抱住了明槐。

罗宁不解地看着他们，不知怎么脸有些烫。

他们紧紧地抱在一起,再不说话。明槐伸手抚摸着曼曼的头发,像怕惊醒了她的甜睡似的,轻轻的。一会儿,明槐不活动了。两个人互相依偎着,葡萄园里真静啊。罗宁看着看着,脑海里有什么闪了一下。他记得好像在哪里见过这样的情景——在哪里呢?他想啊想啊,想得头疼,终于想起来了。他记起有一天跟上叔叔的车出去玩,半路歇息的时候,叔叔牵上白马到水潭去,他走在叔叔的后面。回来的路上,他们穿过一片柳林。叔叔站住了,伸手抚摸着白马的鬃毛,白马幸福地昂起头来。叔叔与白马小声地诉说着什么,罗宁走过去,叔叔继续诉说:那个秋天,他和白马走进园子里,阳光灿烂,女人们低头做活,头包白巾的安兰抬头望着他们——白马哟,你还记得吗?白马摇着头……

明槐和曼曼久久地依偎着。

夜风吹起来了,一股浓郁的香味荡漾开来。满园里都是窃窃私语,满园里都是秋虫的鸣唱。一滴露水落在罗宁的眼窝里,又像泪水一样顺着脸颊流下。他用力地擦了一下脸。

八

老当子的神情有些异样，小圆早就看出来了。它的心特别细密，暗暗留意着，只是不动声色。小圆每一次进出小泥屋，都要漫不经心地瞥一眼老当子。

老当子已经被拴在窗下好几年了。它知道这是好心的主人把它囚禁起来了。一条狗突然告别了无边的原野，那种痛苦是任何别的生物都难以理解的。它自己明白，这样下去，再不用几年，四肢就会像木棍一样笨拙，牙齿也会退化。最后它变得不能撕咬，不能跳跃，只能倚在泥屋的墙壁上晒阳光，挨着可怜的时光。

它回忆着那段自由奔跑的日子，愉快地想着海的颜色。它甚至记得有一次晚霞使自己全身改变了衣装，人人都说它漂亮极了。荒滩上，老爷爷吆喝一声，它就奋力地跳跃、狂奔。它飞驰着，比得上奔马，在绿草中闪耀，有时简直像老爷爷亲手射出的一支箭。

那一切似乎永远地过去了。但它远远没有绝望，而且心中的欲念越来越强烈——跑向原野！跑向原野！

于是它一直在暗暗地做着一件事情，它要磨断锁链！这件事情真需要精力、需要耐性。深夜，屋里的人睡着了，它就磨起来；白天，主人不在的时候，它更是尽情地磨。窗下有一块青石，它认为这是再好也没有的磨石了。它能准确地让脖子下第六节铁环磨到石头上，而且只磨铁环的同一个位置。铁链总是发出"哗啦哗啦"的声音，谁也闹不清老当子在做什么。有时主人走过来，它可以装成迎接的样子，低下头，先让第六节铁环小心地落到地上，然后从一侧向前一蹿——那个铁环就可以准确地在青石上狠劲儿磨一下，并且谁也没有察觉。

它这样做了两年。它认真地注视着那节铁环的小凹痕，怎么也看不出它变深了没有。小凹痕倒是亮闪闪的，那是不停打磨的结果。如果这道凹痕再深上一个毫米，它就可以将这个铁环猛力挣断。然而这道痕子简直一丝也不愿再深下去了。老当子有时快要绝望了，它真想放弃这个工作，去向泥屋的主人哀求。但它心里明白这一切都是无用的，主人不会放开它，让它去接一颗罪恶的枪弹——但它知道那个枪口怎样去躲闪，子弹打不到它的身上；而且那点危险比起心中日益强烈的欲望来，真是不值一提。可是这一切想法都无法让主人明白，那么剩下来的路也只有一条了，就是磨断这条锁链！

跑向原野！跑向原野！

凹痕终于深一些了——这是它在一个早晨的第一束阳光里突然发现的！它兴奋地估计了一下，觉得已经完全有力量把它挣断。想到这里它的身躯不禁抖动了一下，一股热流从尾部冲流到周身去……小圆走过来了，老当子若无其事地摇了一下头颅，装出一副恹恹的样子。小圆的精明的眼睛看着它，有几分得意地扭了一下黑黑的尾巴。老当子像是疲倦地躺下来，于是第六节带有凹痕的铁环被巧妙地压在了颔下。它哼哼着，用痛苦的呻吟来遮掩此时此刻无比的欢乐……小圆没有怎么逗留，又扭了几下，就奔向屋子了。

老当子这才松了一口气。它知道小圆的嫉妒是根深蒂固的。它永远没法信任它的品质。小圆那花哨的服装、小巧的鼻子，都多少给人一种油滑的感觉。

它等待着寻找一个更好的时机，来开始那奋力一挣。

讨厌的小圆正从窗户里往外张望。老当子恼恨地哼了一声。它看到小圆正在微笑，眼角闪着一丝狡黠。它有些慌促地背过身去，低头注视着那一节锁链……这个夜晚显得十分漫长，老当子焦躁不安地等待着红色的太阳。

太阳如果是新鲜的，就会让老当子全身变得美丽起来。它渴望着在霞光里开始这令人无比激动的新的一天。老当子把前爪使劲压在泥土上，让其漂亮地弯曲——每当它要向前猛地一蹿的时候，它就要这样把前爪压弯。它的头颅低着，激动地将下巴贴到前爪上。它马上就要蹦起来了，那时节"咔"的一声，第六节铁环就要断开。它忍耐着，忍耐着，因为太阳还没有出来，因为它要和一轮新鲜的太阳一起奔跑呵。

跑向原野！跑向原野！

夜色缓慢地消退。老当子知道，太阳正从遥远的东方走过来了。它再也无法抑制心中的兴奋，活动了一下身子，抖散被夜露打湿的毛，接着歌唱了一声。

小圆轻手轻脚地从屋里走出来了。它大概被老当子奇异的歌唱惊呆了，这会儿大睁着眼睛，一步一步走近了，目不转睛地看着。

天已经有些亮了，老当子可以看清小圆粉红色的小鼻梁。

小圆似乎是第一次离这么近端量对方。它发现老当子的两眼有些发红，眼角的皮毛也多少有些暗淡。它记得前不久老当子的皮毛还是油亮油亮的。老当子竟然在短短的时间里苍老了许多。小圆心中有些悲凉。它目光垂了垂，突然觉得垂在老当子颔下的铁环有些异样，定睛瞧了瞧，发现第六节铁环耀眼地闪亮！

老当子也不明白自己为什么在这一瞬间竟然没能背过身去！一切都来不及，也不必要去掩饰了……它用平静的目光看着小圆。

小圆看清了那闪烁的铁环上有深深的一道凹痕。

它吸了一口冷气，一抬头，看见了老当子深沉的目光。

小圆坐下来，抿了抿嘴角。

如果坐在眼前的是个告密者，那么用不了几秒钟，小泥屋里的主人就会来重新加固它的锁链。老当子的心不安地跳动着，等待着那个时刻。一瞬间它想起了那么多往事，都是不安和悔恨。它记起在过去的日子与小圆的一次次摩擦、充满敌意的挑衅。有一次只为了一条小鱼，它把小圆推倒在地上，小圆则还了它一个耳光。它们那以后曾一连几十天互相不再理睬……如今上帝算给了小圆一个报复的机会了。

第一道霞光闪耀着，老当子仿佛听到了太阳的呼唤。

小圆看着老当子，向它深深地点了一下头。

老当子的眼睛湿润了。它站起来，望着越来越红的东方，又看一眼小圆，仿佛在用目光询问：你瞧，从来也没有这么漂亮的一个早晨吧！你瞧，你瞧啊！……泥屋的门打开了，明槐走出来，向这边望了望，拿起一边的长鞭走了。屋内，老奶奶活动着，脚步声十分清晰。老当子后来只看着小圆了——它看见小圆周身都在变红,变红……小圆正投来激励的目光。

啊,一轮崭新崭新的太阳!

老当子呐喊了一声,按低了前爪,脊毛竖起,然后猛地一挣,将第六节铁环挣飞了……它跳跃着跑进了葡萄园,呼喊着小圆,迎着太阳。

葡萄园激动了,泪水洒了它们一身。它们和大葡萄园一起哭着,不停地呼唤。所有的葡萄树都伸手去迎接老当子,它忘情地应答着,声音响彻在园子里。每一片叶子都闪着太阳的光彩,上面的水球晶莹透亮,在早晨的清风里微微颤动。那么多新长成的葡萄树,面孔陌生,神态可爱。老葡萄树指点着细小的葡萄藤,告诉老当子哪棵是它们的孙儿和孙女。小葡萄树顽皮地扭动着身子,嘟嘟哝哝的声音谁也听不清楚。

"我们想念你和老爷爷啊,看见你,也像看见了老爷爷……我们做梦都梦见他背着枪,在我们身边走,老咳嗽。"

一棵老葡萄树对停下来的老当子说着,不停地揉眼睛。它的话让老当子一阵阵难过。老爷爷不在了,他老人家的枪也被一个恶人抢走了……有的葡萄树为让老当子高兴,就唱起歌来了。满园的歌声,满园的浓香。小圆在老当子头顶的架子上飞快地奔跑,愉快地朝地下呼唤着。

老当子跑着,禁不住低头去辨认那杂乱的脚印。这是它很久以来养成的习惯。那些脚印,还有脚印上散发出来的气味,都清楚地告诉它谁从这儿走过,发生过什么事情。它顺着这些脚印提供的线索想象下去,就可以把当时的情景一幕幕地从头脑中闪过。这当然是非常有趣的。它又可以看见不久前发生在脚下的事情了:妇女们摘着葡萄,说着笑话。她们遇到被灰喜鹊糟蹋了的烂葡萄,就狠狠地抛到地下。有人口渴,大张着嘴巴,一手提起一串葡萄往嘴里填。正在这时老鲁过来了,他挥起手里的鞭子,一鞭子就把一个胖女人坐着的筐子抽倒了,胖女人跌倒在地上。大家没有心思做活,一齐拥上来,笑着打老鲁。老鲁抛了鞭子,在地上滚动着,一边躲闪一边大骂……有一处脚印散发出明槐的气味,老当子立刻确认明槐在这儿站过:他热汗漉漉,刚刚卸完了车,正在树荫下歇息。

他什么也没有察觉。在离这儿几步远的葡萄架后面，老黑刀恶狠狠地盯了他两眼，走开了；明槐背后的葡萄架间，正蹲着一个包白头巾的姑娘，她一声不吭地注视着明槐。汗水从明槐黑红色的脊背上流下来，一个酱色的甲虫从容不迫地靠近滴落的汗珠，伸出吸管喝着。汗水太咸，甲虫又吸了一会儿，就皱皱眉头走开了。那个姑娘从葡萄叶空里看着明槐，忘记了做活……

小圆见老当子嗅着地上的脚印，知道它又陷入了那种沉思。小圆不愿去打扰它，就自己在架子上玩了。它想炫耀一下自己很久前跟灰喜鹊的那场勇敢搏斗，于是就忍不住呼喊了老当子一声，领它往前边走去。

太阳升到了葡萄架的上空，满园通亮。园子里各种小动物都欢呼起来，螳螂、小蝴蝶、小七星瓢虫、大蚂蚱、黄雀，一个个都从架子下出来了，指点着太阳，笑着，鼓着手掌。有的说今天的太阳比昨天的脸庞要红润，有的说她比昨天那个更加温柔了。老当子完全赞同它们的意见，觉得身上暖洋洋的，太阳正微笑着看着葡萄园，看着园里的一切。

美妙的早晨在一片浓绿的园子里，在这片飘动着蝴蝶的土地上。露水打湿了脚掌，葡萄碰到了鼻梁，小蚂蚱伸手给老当子挠痒痒。它感到了从未有过的愉悦，也为那长时间的囚禁深深地悲哀。那是一种绝对不能重复的生活，真是可怕极了。直到现在它的脖颈上还悬着短短的锁链，那是痛苦的标记。从踏上园子的第一步开始，它就决定永不再套锁链。如果泥屋里的主人硬要缚住它，它宁可死去。也许这种游荡是没有尽头的，也许只有短短的时间，也许旅程中充满了苦难。它吃什么？再没有主人给它食物了，完全靠自己想法去填饱肚皮。它渴了喝水湾里的水，水湾干涸了就去找芦青河。它现在则可以尽情地吃满园的葡萄。它饿了，就要去野地里扒一些花生和红薯，没有庄稼的季节里，它只好去向田鼠借一点粮食。田鼠们的吝啬是有名的，那么，它只得踏着冰雪，冒着严寒，到大海边上去捡食冻死的鱼虾和贝蛤。反正它不想再回到小泥屋了，它永远也不要过囚禁生活。它要阳光，要风，要无边的原野。它一点儿也不恨小泥屋里的主人，它永远会挂记着他们的生活。它不回泥屋，是恨那条锁链，而锁链是生活强加给小泥屋、强加给它的……它从懂事的那天起就在保护大葡萄园了，熟悉园里的一花一草。它曾一步不离地跟随着一个持枪的老爷爷，在大草滩上尽情地游荡。它的勇武是出了名的，在危险和困苦中不曾退后一步。谁也没有理由让它离开葡萄园和原野！

老当子往前走着，不知怎么流出了泪水。前边奔跑的小圆也许不知道它今天的挣脱意味着什么吧？老当子想起了那个在泥屋里不停操劳的老奶奶，望着她的白发。它明白老人看到挣断的锁链会怎样：又惊又喜，深深地忧虑，久久地盼望。老当子会回来吗？她会这样问她的儿子和孙子。老当子在心中的回答是：会回来的，但它不会再让任何人给它套上那条锁链了，它只会远远地在泥屋前站一会儿，然后再默默地离去。你们问我要到哪里去吗？去我的原野，去寻找那个背枪的老人。你们告诉我老人不在了，他永远也寻不到了吗？不，我会寻得到，因为大海滩太辽阔了，我跑得太快了，我会问遍每一寸沙土、每一株树木。我会寻得到……

小圆在前边站住了。它就在面前这棵葡萄树上，跟讨厌的灰喜鹊进行过一场搏斗。那场较量是十分险峻的。到了最后，一大群灰喜鹊向它围攻，狠狠地啄它。

老当子在小圆的提示下，记起了很久前的那一天。就因为小圆叼回了一根灰色的长翎，老爷爷才领上它驱赶灰喜鹊。那一天老当子永远也不会忘掉的：老人失去了枪。这之后不久，老黑刀就用夺去的那支枪，向它瞄准了……老当子久久地伫立着，一声不吭。这样站了一会儿，老当子突然叫了一声，向另一个方向跑去。

小圆随着老当子跑着，跑着，直到见了满地闪烁不停的灯盏花，这才明白它们奔向了坟地……老当子在老爷爷的坟前站住了，站了一会儿，偏着身子躺下了。

风吹着一片片蝴蝶从坟头上飘过。不知什么野花瓣从高处的树棵上洒落下来。花瓣洒在了坟头上，洒在了老当子的身上。四处都是飒飒的响声，千万片叶子在摇动着。

这里已是葡萄园的边缘。从架子的空隙里，已经可以望见那绿色的海滩了。小圆向海滩上张望着，它盯住那些杂树林子想：它就要与老当子分手了。

太阳升得更高了。

老当子在坟前卧着，一转脸，看到了平坦坦的草地。它的眼睛突然间变得雪亮了……它站起来，四只有力的腿脚颤了颤，然后又转脸去看坟头……

跑向原野！跑向原野！

太阳升得更高了。太阳将葡萄架的暗影投在地上，使葡萄园仍然有着一片片阴凉。一层层的葡萄藤蔓纠结交织，密不透风。有什么东西笨拙地从一道架子上爬下来，"扑咻"一声跌倒在地上。后来是喘息声，再后来什么声音也没有了。

老当子、小圆、无数的葡萄树和小动物，此刻都在注视着那个坟尖，几乎全都忽略了另外的声音。当小圆第一个将目光移开的时候，它一下子发现了那个黑洞洞的枪口！

小圆撕心裂肺地喊叫了一声……

与它的喊叫同时响起的，是枪声。

老当子跌倒了。它的腰部中了霰弹，鲜血溅到了蓝色的灯盏花上……一个人在葡萄架后面嬉笑，是老黑刀的声音。

老当子费力地爬起来，头朝着那片原野，又走了两步。

小圆不顾一切地冲上前去，伸出了前爪……老当子的腰部又涌出血来，身子摇晃了一下，重重地倒下了。它的眼睛还在望着原野。

跑向原野！跑向原野！……

九

太阳就要落下去了。晚霞比早霞还要红，把葡萄园染成一片血色。

小泥屋里的老奶奶和她的孙儿一直等着老当子归来。暮色里，老人扯着孙儿的手走进园子，一声声呼唤起来。

园子里发出一阵阵回响。老奶奶喊了一声，罗宁喊一声……

沙土都被霞光涂红了,小罗宁用手扒开一层,下面的沙子还是红的。他惊讶地去问奶奶,一抬头见奶奶的白头发也是红的。罗宁心里老要打战,他紧紧地依偎在奶奶身边。小圆一声连一声地呼喊,疾疾地跑过来,罗宁老远就望见了它身上是红的。它跑近了,罗宁伸手去摸它身上的红色,红色竟然沾到了手上!

罗宁尖叫起来。老奶奶加快了脚步,后来跑向了园子深处。小圆在前头领路。罗宁觉得四周的葡萄叶子下,都闪动着一个个黑洞洞的枪口。他的心揪紧了。

小圆跑到了那片坟地上。

老爷爷的坟前有凝结了的一片鲜红的血……老奶奶低头看了看,跪在了坟前。

罗宁先是呆在一边,后来小心地挪到跟前,抱住了奶奶。

"老当子啊!你早晚死在那支枪下啊……你受不住拘束,偏偏要跑出来,你到底还是躲不过那一枪呀,老当子!老当子!你是个好人哪,你的下场也和好人一样……老头子啊,你看见你的狗死在坟前了,它是让你领去了。从今以后你们两个又凑到了一块儿去了!……"老奶奶絮叨着,两只黑黑的手不住地拍打膝盖。

罗宁怎么也哭不出来,只是感到了惊恐。他看着奶奶,一动不动,突然"哇"的一声哭了起来……

天色渐渐暗了。沙土上的血看上去像墨一样黑。一老一少的脸快要对在了沙土上。

一个挺拔的壮年汉子缓缓地从夜色里走出来。他无声地站在坟边。站了一会儿,他弯腰去扶地上的老少。老人费力地仰脸看着壮年汉子,叫了一声:"明槐!"……汉子搀扶起母亲,拉着侄儿的手,声音低得快要听不见了:"走吧!"

老人一步也走不动。明槐于是蹲下来,背起了母亲。他们往小泥屋里走去了。

小泥屋里亮着一盏小小的灯,一个女人坐在灯前。三个人进了屋,看清了她是曼曼。明槐看也没看曼曼一眼,将母亲扶到炕上……曼曼往锅里添水,要动手做饭。

明槐蹲在门槛上,点燃了一支喇叭烟,使劲吸着。

他一支烟还没有燃尽就站起来，看了看屋里，转过身去。

"你要去哪儿？"曼曼问他。

明槐小声说："出去……一下。"

"吃了饭不行吗？"

明槐没有回答。他高高的身影在门外闪了一下，就不见了……

夜色真浓啊！明槐走在葡萄园里，不断被一条条藤蔓牵住。他的头颅嗡嗡响着，不知怎么对自己到底要走向哪里也糊涂起来。往日在这园里他算是熟极了，闭着眼睛也能摸到他要去的地方。一条粗藤拦住了去路，他握紧它摇晃着，又去找它的末梢。藤子像胳膊，它的一端长了几个杈子，像巴掌。明槐跟藤子紧紧握了握手，往前走去了。

他辨不清方位，只是走着。黑影里，有什么"嘎——嘎——"地叫了两声，他立刻抬起眼睛去寻找。一天的星星，又小又亮，很神秘的样子。他觉得两条腿，还有胳膊，真是沉重得很。

不知走了多久，他看见远远的地方透出了一线灯光。那灯光有些发蓝。他从看到灯光的那一刹那起，立刻清醒了。他终于明白自己在奔向哪里，步子加快了许多倍。

一片房屋黑乎乎的。明槐摸过一个巷口的时候，听到了咀嚼声和喷气声，他立刻明白这是到了牲口棚。"白马……"他在心里咕哝了一句。那个洁白的身影在哪里呢？他心里一阵温热，抬头去寻找它了——它在棚子里，停止了咀嚼，"哎哎"地轻声呼唤起来。明槐走过去，抚摸了一下它的脖子，又拍了拍它的脑壳。

他迎着那个发蓝的灯火走去。那里有一幢红砖房子，有一盏电石灯。他摸到了黑门上，从门缝往里望着——电石灯闪跳着，灯旁是几把刀子。一口铁锅冒着白汽，锅旁坐着老黑刀。那支枪竖在屋角，枪口不知为什么塞了一团棉花。枪的一旁有一团黑乎乎的东西，看不清。他用力辨认着，终于看出那是死去的老当子！

明槐敲着门。

"谁呀？"老黑刀沙哑的嗓门。

明槐继续敲。

"妈的……"老黑刀趿拉着鞋子过来了。

门开了,老黑刀"哼"了一声,接着往后退了几步。明槐跨进了屋子。他看到老黑刀身穿了一件灰布衫,下身却只穿一条短裤,好像故意露着粗壮的两腿。铁锅冒着汽,屋里又热又闷。

老黑刀把手里的什么东西扔到了地上,喝道:"来干什么?"

明槐只是看着他,一双大拳在两腿上磨了两下。

"你他妈的给我滚……"老黑刀伸出了一根手指。

明槐迎着他走过去……

"你这个反动东西……你给我站住!立定!……"老黑刀挺着腰,发出了一声霹雳似的口令。

明槐没有理他,蹲在了老当子的身边。他伸手去摸它的皮毛,两手立刻沾满了血……老当子的身上已经变凉了,可眼睛还是大睁着。它在看什么?看什么?明槐试图用手给它合上眼睛,但总也不能。

老黑刀狠狠地踢了明槐一脚。明槐没有躲闪,他两手哆嗦着抱起了老当子,鲜血沾了他一身、一脸……

老黑刀照准他的胸部打了一拳,不停地叫骂。他让明槐扔下老当子,明槐像没有听见一样。老黑刀暴跳着,最后揪住了明槐的头发,发狠地拽着。

"我打死你这条落水狗!"老黑刀揪紧了明槐的头发,使他的脸向上仰起,然后照准鼻梁狠狠一拳。鼻血猛地淌了下来。明槐将身子弓下,使厚厚的脊背抵挡着沉重的拳头。老黑刀越打火气越大,最后抡下了上衣。

明槐咬紧牙关,蹲在地上,身子球到了一块儿去……他的两条腿好长,膝盖抵住脑门,使老黑刀的脚总也踢不到头颅上去。这样停了一会儿,明槐突然抬起头来——老黑刀趁机去踢他的脸,他一扭脖子闪过了,站了起来。他稳稳地放下老当子,擦了一把脸上的血,去看老黑刀。

老黑刀又扬起拳头,但还没有落下,左腮上就吃了明槐一拳。

"啊?"老黑刀惊愕地大叫,腾地跳到了一边,伸手去电石灯边摸刀子。明槐踢飞了地上的两把刀子,接连两拳把老黑刀击倒了。老黑刀还没有爬起来,明槐就扑了过去。他压紧老黑刀的头，闲出手来就频频击打那个下颌骨。鲜血从老黑刀的牙缝里流出来，老黑刀用力地拧着脖子，把脸躲过拳头。明槐的左臂被老黑刀一歪头咬住了，他就拼命地卡那个凸起的喉头。老黑刀松了嘴巴，却紧接着将屁股猛力一撅，两条粗腿硬硬地抵住泥土，呀呀大叫着把明槐从身上掀了下来……两个人在屋里滚动着，从中间打到里间，瓷坛和瓦罐、玻璃，全都砸得稀烂。老黑刀的光身子被碎玻璃片割得一道道口子，就像毫无知觉一样。他把十根手指的力气全用到明槐的两肋间，像铁钩一样往缝隙里抓。明槐的拐肘狠劲撑开老黑刀的身子，极力想挣脱那两只利爪。他感到有两三根手指已经扎到了两肋深处，正撕开他的肌肉。明槐差点没有昏厥过去，他顶住对方的下巴翻着身子，一丝一丝地反过来，然后挪动双膝去压那两只胳膊。那要命的两只利爪终于被拉开了，明槐可以尽力地挥动两拳了。他不知道两拳滚落在哪里，只是一下一下击出去，只是看见一张被泥土和血迹蒙住了的黑脸在拳头下抽搐。他变换着姿势，骑在扭动不停的黑汉身上，狂怒地击打……后来他觉得黑汉一动不动了，这才站了起来。

明槐全身一点力气也没有了。他瞥了一眼老黑刀，见这个黑家伙的肚皮一鼓一鼓的，嘴角歪到一边去了……明槐扶着墙壁移动着身子，取到了那支枪。他伸手揪去了枪口上的棉花，然后紧紧地抱在怀里。枪管散发着浓浓的火药味儿，明槐一下下嗅着，觉得一颗心在有力地搏动。全身的伤口一齐疼了起来，他咬紧牙关，想往外走去，可一挪步子，重重地摔倒了。

老黑刀两手抱住了明槐的脚，又滚动一下坐起来，狠狠地用膝盖点压明槐的小腿弯。明槐毫无提防，又一次被老黑刀压在了底下。老黑刀眯着眼睛，嘴里发出"嗯、嗯"的声音，伸手就去抓明槐的眼睛。明槐赶紧用右臂护脸，同时左手还击了一下。两个人重新滚在了一起，明槐更多地被压在下边。他终于明白了老黑刀上一次是停下来积蓄力量，并没有完全被打垮。老黑刀的手更狠了,每一次出手都不落空。后来两个人动用了牙齿，血水糊住了嘴巴，就喷到对方的脸上。明槐抵挡着，大口地喘息。他觉得缠在自己身上的，是一条头上生了鸡冠的巨蛇——老父亲曾经向这条巨蛇放过一枪。巨蛇的鳞片全在一霎时张开了，切割着他的皮肉。全身没有一处不淌血，鳞片同时把毒液掺进了伤口里。巨蛇把尾部拧在他的喉头上，他一阵窒息，两眼迸射出金星。蛇尾在收缩，大蛇发出了嬉笑。他用力地睁开眼睛，见老黑刀的两手正卡在他的脖子上。明槐想给这个黑脸一拳，他估计只需要准确的一拳，这个黑汉就得滚到一边去。可是他一点力气也没有了，胳膊怎么也抬不起来。他闭上眼睛，脑海里又出现了那条黑色的巨蛇，但同时出现了老父亲冒烟的枪口。他奋力挣脱着蛇尾，终于吸进一口新鲜的空气。他试着抬起胳膊，暗暗握紧拳头，眯着眼睛去端量击拳的位置……正在这时不远处传来了一声马的长嘶——是白马！明槐全身一震，高呼一声："白——马——"随着喊声挥起右拳，"噗"的一声砸在了老黑刀的左眼上。

老黑刀左眼爆了出来，一下子跌翻在地上。

明槐一跃跳了起来。他的两眼通红，"啊啊"大叫，冲向跌倒的老黑刀，一拳一拳痛快地打起来……老黑刀的嘴巴不停地流血，头歪向一边。明槐后来发现他不会呼吸了。明槐站了起来，把枪抓在了手里，又看了一眼老当子，跑出了屋子。

白马又叫了一声。

明槐跌跌撞撞地摸到了牲口棚里，直接奔向了白马。他来不及跟白马说什么，飞快地解了绳索，牵上就走。他和白马刚刚走出几步远，就有一个人从黑影里走出来。那个人喊："谁？"明槐听出是老鲁的声音，但没有吱声。老鲁赶了几步，凑近一些叫道："是明槐吗？"……明槐还是没有应声，艰难地跨上了马背。

夜已经深了。

一轮发白的月亮升起来了。白马走过的地方，露水落了一地……明槐直奔小泥屋去了。

屋里的人都没有睡。明槐拴了马，推门进屋。一家人一眼看到了明槐身上的血迹，都吓得喊起来。老奶奶叫着："我的孩儿！我的孩儿！……"明槐躲闪着老人，怕将血迹沾到她身上。

罗宁哭起来，扑到了曼曼的怀里。

曼曼一声不吭地看着明槐。明槐像是在说给泥屋："我走了。"又握住老人的手说，"我走了，妈妈……我得走了……"

"到底出了什么事啊，我的孩儿！我的孩儿！……"老人叫着。

曼曼流着泪水，推开了罗宁，到里屋找出了几件衣服包起来。

老人看着儿子，又急急地弓腰去包了一摞子干粮……老人包好，又解开；填进什么东西，又包好；然后又解开，加进去一些钱和粮票，再包好。老人的手抖个不停，当最后把包打好走出来，两手一点儿也不抖了。她定定地望着儿子。

屋外有什么声音，接着小圆尖着嗓子叫了一声。明槐端起枪来，小心地开了门……一个人从老葡萄藤下走出来，明槐看出是老鲁，就收了枪。

老鲁喘着，盯住明槐说："快走！"

明槐点一下头，握住了老鲁的手说："你知道了。我杀人了……"

老鲁叹一口气："我过去看了。他没死,这会儿快缓过气来了……快跑吧,天不亮民兵就会来抓你。"

罗宁和曼曼哭着。老奶奶把干粮和衣服提过来说:"快走吧……到时候快些回来……"

曼曼不顾一切地抱住了明槐,亲吻着他,双肩剧烈地抖动着,叫道:"明槐！明槐！我等着你！我等着你！你呀！明槐！你什么也别说！你走吧……你走吧……"她一边说,一边用手捶打明槐的后背。

罗宁哭着,紧紧扯住叔叔的衣襟。明槐轻轻扳开小罗宁的手,弓着腰,快要对在他的脸上了,说:"你不能哭了。小泥屋就剩下你这一个男子汉了！……"

"快走吧,快走吧！"老鲁催促着。

明槐解开了白马。他看着泥屋、泥屋前的这几个人……他的目光最后停留在母亲的白发上。

白马的前蹄活动了一下。明槐上了马背……

白马穿过葡萄园,向北;在一片辽阔的海滩草地上,它又向西疾驰了……明槐不断回头看着葡萄园——它在月光下望去,重重叠叠的葡萄架子真像些小山峦啊。

葡萄园看不见了。明槐闭上了眼睛。他仿佛看到了这样一幅图画——

一片灿烂的阳光照耀在葡萄园上。没有风，没有喧闹，只有一两个头包白巾的妇女弓着身子在葡萄架下做活。一辆马车辘辘地驶进园子里。一个女人抬起头来，从白巾中露出了通红的脸庞，阳光耀得她眯起了眼睛……

他笑了。他坚信总有那么一天，他会回到葡萄园。

白马在原野上奔驰……

一九八六年四月—六月写于济南

附：

写作和行走的心情

想象和描述／在同一个时代

无论是文学的实践和吸纳，我们这一茬写作者都受惠良多。这之前及同期作家、国外作家，在文体上的开拓与实验，都提供了综合的营养。所有这些方法无非归结为两种：想象和描述，也就是诗与真。现代主义使其变得更为自由，却没有背离它们。这就是今天感受和实践的现代主义。"三人行必有我师"，在学习中能够有所进步，心里就会常存感谢。更主要的是，在急遽变化的现实生活中，特别是极为复杂的精神环境中，总会看到一些榜样，看到一些正直、清晰、坚忍和洁净的人。他们与我们生活在同一个时代，是我们最大的幸福。

城乡穿梭／飞速流逝的时间感／野地

这些年读老书多一些。外国译著中杰出的当代文学同样较少，市场上流动的一般都是千方百计想卖出去的东西，没有什么精神力道，难以卒读。中国古代和外国十九世纪的名著，是最常看的。

写作的动力就是酷爱写作。年纪大了，就会有飞速流逝的时间感，名利就会渐渐退远……重视身边友人，特别是行家里手和好读者的看法。写得久了，译出一些文字也是正常的。但这对作家来说并不重要。

《融入野地》是一篇散文，它不能囊括我的理想。我说的"融入野地"，不是指让人到野地里去生活，背离城市的家，那不可能。我的意思是在现代社会里，在网络声像时代里，人尤其不能陶醉其中，不能忘记我们生存的自然背景——不仅不要忘记,还要极其重视和依赖,与之相依相存。大自然是生命的母体,人在现代生活中却时常会忽略这个。环境问题,精神问题,有许多现代病就出在这里。文学写作是人类精神状况的重要指标,看看我们现在的作品,比起十九世纪,其中关于大自然的饱含情感的描述和记录,简直太少了。这是不祥的征兆。古人讲的"天人合一"思想,其中就包含了对生命自然背景的深入思考。人仅仅依赖自身征服自然的所谓"科学力量",只会越来越自私,最后走向自绝的末路。

融入野地并不是让人到野外生活,也不是简单地让人去外边行走,是不要忘记、不要失去生命的自然背景。尊重自然,接受自然对我们的教化,跟大自然和谐相处,那样人才能有智慧,才能有长远的眼光,才能不自私、不得现代病、不被异化。所以,融入野地仍然是我个人所向往的一种境界。

建设书院／坚韧的独立精神／一味解药

书院是公家的一个单位，它的发展取决于公家。不过，文化人的一己之力无论多么微小，都应该贡献出来。书院精神应该是知识人的梦想。做事不能怕麻烦，需要一点耐心，还需要一些公益心。

万松浦书院是与当地大学合作的一个文化事业单位，有150亩左右的林地。研究齐文化，是书院的课题之一，我每年都在书院和大学讲些课。古代书院倡导个性化教育，今天我们尝试的，也是对现代大学批量教育模式的一种弥补。

建设书院，这等于是在实用主义的荒漠上植树种草。对这个民族、社会和文化有意义的事情，就不能放弃。今天特别需要从传统书院那里继承坚韧的独立精神。

独立思考，积累文化。这个积累当然不仅仅是传统文化。独立思考是需要勇气的。我们的生活还处在一个初期的物质积累阶段，没有进入更现代的思维与追求。但人类不能满足于这种初级的要求，不能仅止于此。我们既要理解现实，还应有更高的、更现代的理想诉求。

书院有"万松浦网站"，还在建诗歌博物馆。诗歌，也许是施向实用主义的一味解药。实用主义贻害了这个世界，它和虚假的理想主义一样可怕。建诗歌博物馆，等于是在黄沙上植树种草。这样的博物馆，英国有一座。它应该包括古今中外诗歌创作成果的收集、保管、研究，还要促进和推动当代诗歌运动。诗歌在今天是最不实用、最少商业价值的。这个馆目前正在建设中。要慢慢做。做事情虽然不是越慢越好，但慢慢做出来的事情更让人信任一点。

内外法度／时间的智慧／超拔的心气

屈原的全部诗章，还有鲁迅的全部杂文，看来就像一部浩浩长卷。学习他们的精神，做小说则要恪守现代长篇小说的内外法度。新时期以来诸多的辛苦劳作、求索，都会给人许多营养和启示。

长篇写作主要是个时间的智慧——等待时间送来思想，这需要有足够的耐性。一个人的体力和思维力无论怎样强大，都不能代替时间的作用。当人的身体弱下来时，更能感受时间这个神秘的存在了。长篇写作的诸多问题，很大程度上也是时间的问题：看舍不舍得给它相应的时间……

作者对谁来阅读、怎样阅读，总是想得不多。不过现实一点讲，我们的阅读史上历来都是如此：只有不陷入时尚物欲，不受时下摆布，使"人"的本质特征强大者，才有可能进入真正的文学和思想。有志气的作家显然是为这样的阅读留下文字。有些书看起来也算通俗，但要真正进入它的内质并有所领会，还要有点超拔的心气。

文学写作是各种各样的，只有如此才能交织成复杂的声音。但这不是说如此一来就没有了标准。作家只有顽强地追求自己的标准这一条路，而不必挂记阅读大众是否认可。谈到文学写作、作品的价值，那还得等待时间的检验，文学从来不是个销售的问题，而是时间的问题。大概至少要有一百年才能检验出艺术的好坏和真伪吧。有人可能嫌时间太长了，我们等不到了，这也是实情；可是没有办法，艺术检验就是这么漫长的事情。

精神小康／梦幻一样的文学目标

职业写作的日子长了会有一种"职业病"。一个人安稳地过起室内案头生活很好，但是"精神小康"的平庸性也会出现。而创作是需要随时准备迎接陡立和峻峭的情感冲击的，是不能自抑的，所以不得不时时告别一些职业习气。通常是换一种劳动方式，比如常常深入山地平原去游走……

平时是安静的，但一旦写起来还是会很激越……不是那种安于职业写作的人，而是感动了才能伏案……不断读到好的作品，这是一种鼓励。一直写下去对作家很重要，不停地工作就会保持持久性。但是数量并不是很重要，作家精准地击中了梦幻一样的艺术目标才有意义。

一个人的力量总是微不足道的，也难以影响到大的文学格局。但只要坚持个人的追求就有意义，大家都这样坚持，水就涨起来了，泡沫就少了。

尖叫的写作／不因阅读而改变品质

从翻译过来的许多外国作品看，真实感受是，总体水准比中国当代文学或许还要差。不过更有可能是最好的我们还没有翻译过来——一般来说尖叫的写作会首先被注意，而真正深沉的杰作留在那儿自己生长，这方面国内国外到处都一样。

好的会留下来，差的会淘汰掉。最后积累起来的就是未来的那部文学史。不过真正的杰作从来不是为文学史而写的，只不过它在未来肯定是灿烂的，在眼前却不一定。

其实书籍是不会因为阅读而改变品质的，这个道理虽然简单，但许多人就是不愿直接说出来。事实上所有的好作品，都是建立在这样的认识之上才能写出来。书出版之后，可以与美好的阅读沟通交流，这当然也是人生的愉快。但是这种快乐的预设最好不要出现在写作当中，那时更需要的是单纯和专注。书出版之后，作者直接或间接获得了许多交流，这让人感动。有人读得十分细致，甚至已经在读第二遍，作者一方面欣慰，另一方面又觉得太耽误他们宝贵的时间了，多少有些不安。如果作品是有价值的，那么真正的"回馈"一定会放在漫长的时间中的。

史诗模式／冲动和新鲜感／朴素心情

作家追求真理的恒念应当是工作的前提。但是他还应该有更丰富的趣味，比喻对复杂人性的强烈好奇心、对于诗境的痴迷和沉浸……不然一切都会是空洞和大而无当的。文学这种记录方式不同于一般的史书，它也许更复杂一些。它的主要功用大概也不是记录。一般来说我是回避"史诗性"的,因为我内心里是同意海明威的嘲讽的:所有二三流的作家都喜欢史诗式的写法。他起码在说传统的"史诗"模式。

瞄着"诗史"而去,这一般都是蹩脚的写作。这根本奔不到那个地方去。作家也许最该朴朴实实,从实在的情感、实在的故事、实际的生活出发,这是最好的工作状态。瞄着"诗史"这个高峰爬去,一定累倒在半路。一些人很愿意采用诗史式的写法,动不动就是时间跨度一百年、二百年,最后什么也不是。

即便是一个短篇的写作也会有许多困难要克服,那么更长的书自然要处理更多的问题。放弃的想法不要有,因为这只是一种日常劳作。劳动的快乐必然包含了克服困难和解决问题,这是自然而然的事情。长期的文学工作一旦有了过于功利性的目标,出现阶段性的沮丧倒在其次,严重的后果一定是——最终的失败。

创造性的劳动是愉快的,它通常有足够的魅力让写作坚持下去。写作者关键是既要保持每次创作的冲动和新鲜感，又要有日常劳动的朴素心情。这二者是需要结合起来的。一旦缺了前者，作品会"粘疲"；如果没了后者，漫长的写作生涯就不会很好地持续下来。

巨大的颠簸／愤怒的葡萄／化学变化

日常杂务对写作会有负面影响——但事物都是正反两方面的。总之既然要做，就要尽力，还要力所能及。这和写作的意义是一样的。任何事情都有难度，也都有积极的意义。作家的主要工作还是写作，这不应该有什么变化。说到"社会转型"，我们会觉得中国上百年来一直在转型，从来没有停止过，人民怎样安居乐业？致富和社会变革不能过于峻急，如果一代代人都在巨大的颠簸中度过，哪里还有幸福？

半岛地区是国际葡萄酒城的主要葡萄种植基地，我长期以来写的"葡萄园"是实在的，而不是什么比喻。因为我对这样的环境从小就熟悉，对葡萄园的辛苦劳动也习惯了，开手就会写到它。我经历的一些地方，常常是一眼望不到边的葡萄园，园子里是被生计累得要死要活的民众。这个环境在我看来没有多少浪漫，倒是经常想起斯坦培克一本书的名字："愤怒的葡萄"。

我的大部分时间是在这里生活的，平常所说的"大地母亲"，对我而言具体就是指这里。

虚构需要依赖现实，这就像粮食和酒的关系一样：造大量的酒就需要大量的粮食，但粮食不等于酒。作者在找大量的粮食，因为他想造出更多的酒。这个过程接下去是发生一系列"化学变化"，而不是"物理变化"。

表达的困境／生命秘境的透彻把握

我一直在写诗，可是苦恼于表达的困境。现在我正在克服，这也带来了喜悦。同时，我认为小说与诗内在的核心部分是一样的，我好像一直在写各种诗。

诗的地位还是最高的。当然如果小说的文学纯度如诗，小说也会很高。但诗不是一般人认为的花花草草、不是所谓的"空灵"之类，而是人生最敏感的一次次面对——对全部生命秘境的透彻把握，当然包含了生死幽深以及锐利、黑暗和痛苦，许多许多……有人通常理解的"诗"过于简单了，他们不曾晓悟荷尔德林"黑夜里我走遍大地"是什么意思……

燃烧的内在发动机／不存在"网络文学"

有人说在时下这样一个普遍阅读水准相当低下的情状，畅销书肯定是垃圾——但不能说得太绝对吧。准确说，文学写作从来不是一桩买卖，就算是，那也要具体分析。八十年代我们参观上海闵行的一家合资玩具厂，那里当时正在制造各种玩具汽车，一箱箱产品装满了大卡车，而每一箱都装了几百辆"汽车"：这些"小汽车"都有模有样的，但其实只是玩具，内里并没有怦怦跳动的燃烧的发动机。将它们比作书籍也是如此，我们不能只看外表只听名称，而要看它们有没有燃烧的内在的发动机。所以，文学作品销售的单纯计数从来都是无意义的，因为道理很简单，就是要看它们是不是小孩儿玩具、有没有内在的发动机。有内在的燃烧的发动机的真汽车，一辆的价值相当于不知多少汽车玩具，说白了就是这样。

一个文化素质相对低贫的农业国，对新的科技就会格外好奇和敏感。其实这无伤于真正的文学写作和文学阅读。因为传播手段以后还会继续发展，这与写作是两个不同的轨道：一个属于科技，一个属于心灵。文学轨道是从屈原李白杜甫那儿延伸过来的，也要按照自己的方向往前走，这是不会改变的。别说"第四媒体"，将来就是有了"第八媒体"，也仍然代替不了灵魂问题。作为一个写作者，也许他只需再次提醒自己这个浅显的道理：怎样阅读、多少人阅读，这一切并不能改变作品的固有品质。许多人一直在谈"网络文学"，哪有这样的"文学"？它并不存在，而只有文学——它们印在纸上、流动在荧光屏上，还曾经刻在竹简上、龟板上……如果总是热衷于分类"毛笔文学""瓦片文学""草纸文学"或"打字机文学",这不是很无聊吗?

所谓的纯文学书籍一旦做成了电子读物,也只能用来检索和浏览,深入阅读和欣赏是不可能的。网上发布是一种宣传,可以促销。屏幕文字改变了人类千万年来形成的阅读姿态,要取代纸质书的阅读效果,那就要等待千万年的演化和进化。

印刷材质不断改变,但是纸质书也许很难被根本替代。从竹简到今天的纸走过了几千年,印刷或刻写的本质却一直没有变。几十年前有人惊叹说就要实现"无纸化办公"了,结果今天办公室耗掉的纸张却是以前的几十倍。这真是绝妙的讽刺。如果由此推理,那么新的阅读媒介只会极大地刺激纸质书的印刷量,其原因主要有两个:一是电子技术使纸质印刷更方便了,二是屏幕文字进一步引诱了纸质印刷的兴趣。

提示和强调一种身份／艺术和思想的输出

作品一直专注于精神问题，苦苦求索，这等于对物质主义时代提示和强调了一种身份、一次说明：作家的时间很有限，所以不必娱乐他人、不必给那些只知满足于物质的各色人等提供服务，作家真的没有那么多时间，也没有那样的义务。不写作的人一直对写作的人强调各种"义务"，这真是有些可笑和荒唐。人要各自做好自己的本职工作。

文学主要是给本民族看的。文学的"走出去"并非一定是好事，如果"走出去"的尽是一些"声色犬马"、一些浮浅之物，反而会带来可怕的民族误解。比如，我们许多人对于俄罗斯民族的理解和尊重，很大程度上也是因为从小阅读普希金、托尔斯泰等大师的结果。可见关键不是"走出去"，而是什么东西正在"走出去"。中国文学目前完全不必要急于"走出去"，这是浮躁和不自信的表现。就我们所知道的一些西方国家的好作家来看，他们当中越是优秀者就越是安于写作，从来不急于"走出去"。一个国家在艺术和思想方面的输出有一个自然而然的过程——强大的人格力量、追求和创造完美的巨大能力，这些东西震撼和感动了其他民族，才算是真正地"走出去"，也是对世界的贡献。反之，如果只是让其他民族得到观察萎缩和渺小的机会，欣赏一群畸形的精神侏儒，那么这种"走出去"还是越少越好。

风暴眼／安静和耐心／不间断的劳动

写作和体育活动不一样，比如跳高助跑、发力，要考虑会不会失败，因为是纯粹身体技能方面的尝试。思想活动、艺术活动没有那么简单的失败或成功。就是对于生命的完整的、质朴的展现。个人的生命很自然地走到这一段了，如实地写出来，对于客观世界的认识、感动，尽你所能把它表达出来，因为个人生命的质地决定了书的质地。不存在失败的问题。

社会的浮躁对于写作或许是好的，这种浮躁、剧烈的竞争状态下，人性的表达会更充分，社会万象会以很激烈的方式表现出来。对于写作者的观察和体验来说，就可以获得一个难得的机会。这好比一场风暴，风暴眼里是平静的。作者在风暴眼里会获得艺术和思想。如果跟上风暴气流旋转，连生存都成问题，哪里还能有艺术。所以一个艺术家、思想者，风暴眼里可能是他的居所、是他思想和创造的空间。他当然不希望这个社会越乱越好，而希望社会是有序的。但实际情形却不一定如此。生活当中，一杯茶一本书是人生最大的幸福，再加上劳动。回到这种状态那才是好的。

每个国家不一样、东方西方也不一样。西方一部分优秀作家很安静，我们读翻译过来的一些代表作品，觉得是如此。他们跟我们生活在同一个时代里，不同的是那么安静。他们一笔一笔写下去，并没有像发展中国家的部分作家那样，用我们胶东人的话讲，就像"狼赶驴"一样激烈地奔跑。安静才有不同的心得，有见地，有好的艺术。我们从国外交流当中应该学到一些好品质，而不光是看作品的技巧。一些杰出作家都是很安静的，他们一笔一笔写下去，慢慢修葺自己的作品。

毛姆说："伟大的作家一定是多产的作家，多产的作家却不一定伟大。"这里是说，有一种巨大的才能会推动他的劳动，所以他必然是勤奋过人的；但是多产却不意味着他的浮躁，因为他的生命能力还决定了他的耐心、他的深邃。所以他会一次又一次修改、一次又一次更正自己，他在耐心方面同样是不同寻常的。我们总是从杰作那里读到安静。一本书不给人以安静，一般来说就坏掉了一半。我们不必读让人不安静的书，也不必写这样的书。

文学与年龄／留恋老书／感情最重要

更年轻的作家，让人喜欢他们那种活力和探索力，让人对他们充满期待。因为许多人是从十几岁、二十几岁开始写作的，所以没有理由怀疑二十多岁的年轻人的创造力。但是现在的媒体，包括文学界，应该多关心他们当中的最优秀者，这些人因为太安静，并不被充分注意。重要的事物常常发生在安静的角落。表象和泡沫是在外部的，我们经常说的一句话是"泡沫下面是水流"。我们有时候会关注泡沫，但不要忘记下面才是水流。在这个浮躁的时代，因为节奏快，没有挖掘和分析的时间，就会找一些很容易找到的东西，拿来就用。其实真正优秀的人往往都在安静的角落。

十三亿人当口中何尝没有好的青年作家，但是我们不认识他们。这样下去会耽误事情。

现在的年轻作家，他们的很多优点年长一代并不具备。年轻时候青春的勇气、单纯、勇敢，后来会少一些。不言而喻，到了中年之后，会比过去想得更多一些，在阅读方面会留恋一些老书，经典回头看得比较多。不同年龄的作家肯定拥有不同的优势和资源，互相学习互相容忍、互相宽容互相支援，就显得很重要。但是无论怎么，都应该静下来好好读书好好思索，要追求真理。任何时候都要相信真理是有的。

还要有道德激情，是这些决定着一个作家能不能走远。不能过分相信自己的才华。对人和世界要有感情。感情最重要。

时间的积累和空间的容纳／杯水车薪

目前这样的状态下，出现了真正的杰作我们也不会认识，因为时间没有给我们这样的鉴别力。事实上我们在当下肯定和赞赏的，往往是应时的、比较浮浅的写作，深沉有力的精神和艺术之果极少有人看到。

任何事情都不可能是空穴来风，都会有前因后果。比如说建国后的前几十年文学功利性太强，再加上极"左"文艺政策让作家大部分失去了创作权利，产生"大师"当然是谈不上的。近几十年社会走向物质化欲望化和实用主义，网络等现代传媒发达，人已经变得空前浮躁，这种环境要产生"大师"也是困难的。

文化成果尤其需要时间的积累，创造性的劳动更是需要空间的容纳。在时间和空间两个方面，我们都还缺少相应的必要的条件，所以作为创作个体，就要有极大的忍耐力和沉静心，有气量有包容力。

嘈杂和低俗，绝不是文化界孤立存在的问题，而是社会大环境所决定的。二者互相推波助澜。在一个一切向钱看的时期里，让文化界不庸俗不低俗不媚俗是不可能的。这其中有潜心创作追求远大目标的人，但他们的数量不会太多，声音也不会太大。

思考文化界，就首先要思考社会的大环境，大环境不改变，文化界自身的变化是没有多少可能性的。

文化方面的改革当然是必须的。但这种改革并不意味着把一切推向自由市场算完。比如高雅文学就不可能产业化，而且所有的高雅艺术都不太可能以市场为导向，不然就是自毁一个民族文化和精神的前程。事实上任何发达国家和地区都没有这样做，没有这样简单化。任何事物都是向上难，向下易，低俗的娱乐从来都是有市场的，容易让人着迷。可以想象，如果让几亿人都坐在台下，咧着大嘴傻笑，我们这个民族就完了。

说到高雅文学的命运，我看它在任何时候都不会消亡；但是在一个素质低下、无信仰无精神追求的族群里，它也只能变得越来越孤傲、越来越悲愤，鲜有知音，最终成为民族文化构成中的稀有品种。可怕的是，这绝对不会是一个文学问题，而是一个社会表征。如果文学到了这一步，伴随这个过程的，一定是整个社会变得越来越野蛮，不再适宜于人的生存了。

文学发生的任何变化，都取决于整个社会气氛的改变。如果我们社会中的实用主义、一切向钱看、无公理无信义的倾向再发展下去，文学只会变得越来越低俗，不会有什么希望。当然我们仍然会有一些杰出的作家，但他们的努力只是杯水车薪，泼到火上连一丝白烟都不会有。

但即便这样，我个人仍然赞叹孟子的话："三军可以夺帅，匹夫不可以夺志"——作家始终要有深沉的志向。

读老书／劳动的享受／山川大地的实感

我平时花费时间最多的大概就是阅读了，这已经成了生活习惯。我读过去的老书比较多，因为当代的书要找好的、能让人兴致勃勃一直看下去的并不太多。如果拿到一本新书读不下去，就只好再回到老书上了。想重温过去的激动，那时的一些感受，常常是这样。不知是人渐渐年纪大了的缘故还是别的，我读老书的收获远大于读现在的书。不过这样说也不要引起误解，我并不是说现在绝对没有好书，相反，一旦找到一本当代的上乘之作，那种愉悦和兴奋会是加倍的。可实在说，现在找一部好电影和好书都太难了，不能只听宣传，那样十有八九要上当，因为那是广告投入的结果。很差的书和电影，往往被宣传得好得不得了，其实根本就没法看，里面可能什么像样的东西都没有。有的还极其拙劣,实在不能看。问题出在哪里？我想是商业物质时代的症结吧，网络传播，各种娱乐方式，把人的欲望给全部煽动起来了，很难再有认真一点的思索，结果人的创造力也就全面下降了。人变得不再专注，也没有真情实感，人与人之间的关系大半变成了利益交换，随处都要耍小聪明。这样的社会气氛下要产生杰作会是十分困难的。要一时热闹，玩玩还行，要从内心里生发出真正的思想和艺术来，那很难。各门艺术都走商业套路：加大宣传力度，争取一次性的推销，过后谁也不管。可以想象，人口这么多，哪怕只有一小部分人出于好奇"一次性"看一下，就会获得商业上的惊人成就，这与作品本身的质量没有任何关系。

可是这样一来，我们也就难找好作品了。更可怕的是，时间一长，孩子们连什么是好作品都分不清了。

我读文学书很慢，因为纯文学的最大快感来自细部，来自它的语言艺术、它的细节。我不太读畅销书和通俗作品。将阅读通俗作品的心态和方法习惯，用到了纯文学上，那就读不懂。它们是两码事。听相声和读纯文学书不能是一种心态。用读科学书籍的心态进入文学书，这还差不多，这样就会得到很大的愉悦。比起读通俗小说，纯文学给人的阅读快感太大了，那是很高级的享受。古人说的一杯茶一本书是劳动之余的至福，主要就是指雅文学或思想类的书籍。

写作有艰苦的一面，但劳动的享受还是远远大于苦涩。但凡是大的享受都会有大的辛苦在里面，反过来也一样，是这个道理吧。人生下来是要在这个世上做些建设、有一点贡献的，写作也就是这个意义。这样的责任心会让自己的艺术一点点精湛起来，而不是相反。劳动可以让人健康，最好的劳动往往都不太具有强烈的名利心。太强的名利心会毁人，糟蹋劳动也糟蹋身体。劳动是人生的大享受。写作是创造性的劳动，是大的劳动，所以应该是有大愉快的。

我主要还是在闹市里写作的，因为生活中总有许多日常事情要处理，离家独处不可能太多。不过如果有机会独处一段时间，思考和阅读，不受外界的打扰，那大概是很多读书人写作人的梦想吧。我这些年来因为要准备一些工作的资料，有机会到山里乡间之类的地方走一走待一待，得到了不少见识的大机会，算是很幸运的事。文学人一天到晚在闹市里挤，也能挤出一些心得。不过一直这样挤下去，代价太大了，一辈子会过得很苦。可有时也没有什么更好的办法。

现在从网上、报上找一些资料是方便多了，不过这还是两码事，它没法满足写作的需要。足不出户就成了，世上哪有这样便宜的事。在网上找情感、找故事，这是不成的。三手的资料是害人的。一个人对人间社会、对山川大地的实感，再高明的科技都不能取代。相反，传播方面的高科技在许多时候是影响情感和见解的，如果只会利用这种工具，那会成为现代知识人的大害。它将使人变得眼界狭窄、心胸不宽、目光短浅。我们现在文学写作的浅薄和恶俗，还有现代人的许多不好的品质，有一些就是网络之类的现代传媒造成的。古人说的"行万里路、读万卷书"，里面包含的内容是不会变的，网络时代也不会变。那个"万里路"仍然需要用两只脚去丈量，"万卷书"也要一个字一个字看下来。网络等高科技媒体也有好的一面，问题是我们怎么使用它。

以书籍的形式／文学中的"步兵"精神

世上很难说有多么纯粹的东西。不过一个文学写作者，算是以笔发声、交出自己艺术和思想的人。对他来说，书籍等印刷品是最基本的也是最理想的了。其他的方式，其他的一些载体，也很好。但仅仅从思想的接受和传播的角度来看，文字读物仍然是最好的。我们已经用得习惯了，用熟了，也更信任它。如果通过荧屏办事，会觉得它太小也太冷，它可能不太理想。借助声像艺术的话，又担心它不能给人足够的思索自由和联想空间。对我们来说，文字更能够深入下去，能抵达思想和艺术的深处。就因为这种理解，这种实践的鼓励，才选择了全力以赴从事文学写作，选择以书籍的形式与别人交流。方式各有所长，关键是个习惯。不能把所有方式的长处都拥在怀里，总得有个最熟悉和最方便的使用才好。

关于书籍和现代传播工具，萨特说过一些话，他说这些话的时候，世界早就进入电视时代了。他把音像之类比喻成"飞弹"，认为书籍才是可依赖的"步兵精神"。他在艺术行当里是个老干家了，对自己的结论可能有充分的经验支持。他肯定有些深刻体会。他的作品在舞台上曾经很热门。但是他知道留下来的是什么，不是一闪而过的荧屏之类，而是书籍。书籍的形式可以变换，比如从竹简到线装书再到今天的无线装订，甚至某一天完全普及了电子阅读器。不过即便到了那一天，它的本质还是没有变，它还是书籍，还得人来写。历史上，有人不止一次惊呼文学就要绝迹了，书籍也要绝迹了。这样的惊呼从雨果和左拉的时代就有，几百年了。他们二位都嘲讽过这种论调。可见一惊一乍是人的特点，每个时代都有。文学与人是共生共存的，放心吧，只要人活着，文学也就活着。但书籍的印刷方式会随着技术的提高不断改变。有人从网络上读文学书籍，那也好，那不过是传播记录的方式变了。到了哪一天电脑代替人脑创作文学作品了，作家们才会真正歇工。可是这一天会到来吗？我不太相信。在很遥远的未来，畅销书由电脑写出来还有可能，因为它基本上是"套活"，是故事、语言乃至思想的平均值和公约数。纯文学呢？大概还是不可能。现在的各种"飞弹"很多，影响也很大，的确引起许多人的不安。不过它呼隆一阵，也就过去了，不能最终解决战斗。就像打仗，即便有了激光武器，天上的卫星飞来飞去的，要占领和巩固一块阵地，还是需要出动步兵。步兵得长时间靠在那儿。萨特的意思，至今看也还是不错的。

评奖与日行一善／不做文学老范进

评奖对作家是一种鼓励，因为总有一些评奖是好心好意的。即便一些比较不靠谱的奖，它的初衷可能也不是为了赌气，不是为了恶作剧。这种活动使文学界变得热闹些，不寂寞。真正的好作品与好评奖是一样的，都需要时间去检验。再大的奖项也只是几个人或一部分人的许诺和赞赏，这需要时间去鉴别。写作是一种高尚的劳动，所以给好作家们奖赏总是一种善举。旧社会里有些富人常常自叮自己,要"日行一善",因为他们知道行大善不易,需要一点点积累才行。对人世间非常坚持的思考、对写作给予鼓励褒扬,大致就是积善。如果不是出于这样的行善之心,那么花这种钱就没有多少意义了。只因为手里有了钱和权,就轻浮起来任性起来,那只能是恶,而不是善。人们当然会欣赏"日行一善"那样的诚实和恒心,同时也会蔑视一切形式的轻浮。无论是什么作品,无论奖赏的名头有多么大,都无妨平静自然地对待它。让一个奖把好端端的人搞个半疯,这种事也不是没有发生过。那是因为利欲熏心。这就像范进中举的道理一样。尤其是上了年纪的作家,可不要当"文学老范进"。一位俄罗斯著名人物说得好:经历了时间之后,每个人都将各归其位。

修改／一时冲动和意气用事／从长计议

作品出版后留有未能解决的问题,还有遗憾,那是肯定的。这就只好找机会加以改正了。几乎所有的作品都会有不尽如人意之处，这很自然，不过也不要紧，既然看出来了，说明我们还有提高的余地。有时候作品出版很多年了，回头看还是大为失望，这种情况是很让人沮丧的。因为不能一直改下去吧，这里面还有个为读者负责的问题。其实作者自己是很愿意改的，修改得越来越完美，这是多好的工作啊。

铅字感受是不同的。当然会再读，这时候会发现一些毛病。当然也有自我欣赏的时候，不过这会儿主要还是找毛病，这是出版发表前的主要任务，作家一般都有这样的习惯。也有人对出版后的作品不太严厉了，因为他觉得已经问世了，就这样了。其实作品直到最后发现了毛病，也还是让人心里沉甸甸的。作品出版后还是要看，会继续判断它们，看看是不是足够好。这对以后写新作品也有好处。

说到卖，有些很拙劣的书不是卖得更好吗？所以这是不重要的指标。如果一个作家倔了半辈子，最后却被市场说服了，也够不幸的。以市场论英雄这种事，是商人才有的。作家身上的商人气越少越好。

《九月寓言》和《古船》都不是为市场竞争准备的。它们销量稍大，那是因为时间积累的关系。一部出版二十四五年了，另一部也出版十八九年了，如果每年印上一点，再加上不同的版本，加来叠去就会印得多了。这两本书都是在我三十多岁以前出版的，这对我来说很重要，它们会让我更严格地要求自己。现在我年纪大一些了，写作这种事就得从头打谱，干一点更大的活计，要节省时间并舍得花费时间才行。这是从长计议、集中时间工作的时候。现在的年纪，不能凭一时冲动和意气用事了，而是要慢慢来，沉住气。责任心，生活方式，这些都一块儿包含在写作这种劳动中了。

几代人的努力和牺牲／人年纪一大会深沉不少

如果有什么较高的评价，那也是对我寄托的一种希望而已。我好在还知道自己离他们的期待有多远。

事实上我这些年从同行身上学到的东西很多，新时期以来的作家们共同努力，才把文学推到了时下一步。中国当代文学虽然也有令人痛心的一大堆问题，但即便这样也很不容易，也是在往前走着的。我们对照一下百年来的文学脚印，就能看出一些实情来。一个文学时代不是孤立的，它是由几代人的共同努力，甚至是许多牺牲才换来的。今天的很多结果，不论好的或坏的，都能从昨天找到一些原因。经过了几番折腾，到了这个年头还一如既往地爱着文学，也不容易。要知道这种爱没有改变也是很难的。这其实远远不止是个文学问题。至于我，不过是一直这样工作下来而已，说多么优秀还远远谈不上。

要做事情也只能专注吧。要写的东西很多，那也就无暇他顾了。现在多么吵，人的心思绝不能过于分散。任何劳动，用在一处的时间多了，看上去就显得"天真"，其实也未必完全是那样。从地域上看，地方性格是存在的，我们这儿属于古代的"东夷人"，就是最东边古登州海角的人，这里的人都热情好客一些。不过任何人年纪一大，也会深沉不少。

我觉得再也没有比文学写作更有意义、有趣味的了。还有安静的阅读,这是最激动人心、最让人迷恋的日子。如果周围吵得不得了,中心安静,极其安静,大概就会产生艺术吧。我十分向往这个境界。

劳动才能心安,才是正事。有一些话要说,并且要说透,要文学地说。这都是一些极为复杂的工作,很难一下完成得了。凡是作为一生的事业,都需要慢慢来,需要有个艮性子。我做事情不但不快,一般来说还比较慢,正是这种慢给我一些思考的机会。一些当代作家给我许多启发,大家在这条路上出发或早或晚,但是都没有放弃,这就是一种相互鼓励了。

齐文化／沧海一粟／一些有大能的前辈

胶东是齐文化发源地,我的作品想没有齐文化的因子都不行。我的语言和故事,都来自那片土地;写了一千多万字,显然还要继续写下去。

作品的"神话"气质可能并不是刻意的追求和经

营,因为对我来说许多时候是不自觉中形成的。后来关于"齐文化"、关于"东夷文化"注意得多了,这才想到自己是在它的土壤上生长起来的。这种神话传统在古登州海角是十分久远的。我们如果读一些关于东夷的古代记载、一些文学作品,就可以清楚地感受到这一点。我在文化散文作品《芳心似火》中,比较集中地探索了这方面的问题。东夷这块土壤上发生的事情,在其他地方看来可能有些怪异,而在当地人那儿是十分平常的。我的作品在胶东半岛人眼里,都是写了很熟悉的事物,所用的口吻也不陌生。

我出生在山东龙口,整个童年时代,就在龙口海边的林子里度过。胶东半岛是齐文化的腹地,现在人们说起山东,都知道是齐鲁之地,以为齐鲁文化是同一种文化,实际上齐文化和鲁文化差异很大,甚至有许多对立的方面。比方说鲁文化是陆地文化,讲究"规范",君君臣臣,孔孟思想就是典型的鲁文化。齐文化却是海洋培育出来的文化,倡导幻想和自由。战国时期的阴阳家邹衍提出"大九州说",认为世界分为九州,天外有天。还有秦代的徐福,奉始皇帝之命出海寻找长生不老药，大约就是在胶东蓬莱这一带。

那里的人生活的地方，每天都能看到海天一色，无限辽远。所以他们说话嗓门都很大，生性直爽、浪漫。蒲松龄就是典型的齐国人，他能写出《聊斋志异》这样充满奇思妙想的作品，不是刻意的追求，而是在齐文化的土壤上自然生长。其实胶东半岛全是这些东西，大家对狐仙的传说很熟悉，每个村子里都流传着大量这样的故事。

甚至这些也不完全是传说。那时候龙口海边是无边无际的林子，有几万亩，是高大的橡树和杨树之类。俗话说"林子大了什么鸟儿都有"，应该改过来，林子大了，什么怪事儿都有。村子里经常听说，谁谁被狐狸或者黄鼠狼附身了。几乎每个月都有这样的事。我们那边对"附身"叫"调理"，说某人被"调理"时，这个人就会知道很多他本不该知道的事情，说出与他身份不符的话，有时采用的完全是狐狸或黄鼠狼的视角。

有人被"调理"了，他家人就会去请法师驱邪，法师被称为"阴阳先生"。我小时候看到过阴阳先生作法，比比画画，不知怎么弄弄，那个人就好了。大人们说，阴阳先生把狐仙吓走了，或是逮住了一只大黄鼠狼，被"调理"的那个人就会一下子躺在地上，身上一点力气也没有了，昏昏沉沉睡两天，醒过来就恢复正常了。

所以蒲松龄写的那些东西，胶东人从小就耳闻目睹。有人说他的书是为了讽刺官僚和封建，不完全是，相信蒲松龄生活在这片土地上，也会目击很多怪事。蒲松龄的老家临淄，是齐国的都城，假如蒲松龄生活在曲阜一带，在鲁文化的环境中，很难想象他还能写出狐仙的故事。文学作品不能总是从阶级斗争的角度去看，过分强调其社会意义不好，而首先需要有趣。

我在林子里一直住到十多岁。从林子里拐出来不远，是煤矿和园艺场。当时林场周边的村庄，联合在果园里建了一所中学。"文革"时期冲击虽然很大，可是狐仙和黄鼠狼都没有给冲走。大家只是暂时不敢说了，因为"扫四旧"的缘故。可是民间的生活和传统，不因为这一"扫"而不存在。一个同班同学，有一天上课迟到了，老师问他怎么这么晚才来？他说帮叔叔逮了一夜狐狸精，它是附在婶子身上的。这种事在我们那里不是笑话，老师听了也就没再批评他。

直到现在也会听说狐仙的故事，但是少多了，也许一年就听到一次。环境被破坏了，没有无边无际的林子了。没有林子，就养不住狐狸。狐狸少了，狐仙就更少。

一些夸张的赞誉只能让人惭愧，怎么会接受呢？在时间的长河里，在许多作家的卓越劳动面前，我们写出的一点东西充其量只是沧海一粟。失败才是常事，但愿它们都能变成"成功之母"才好。如果是一个更笨拙和更倔强的劳动者，除此再没有什么过人的特长，那不是也很好吗？只要能获得正常劳动的空间，能让我们好好劳动，这对我们来说其实就已经是很幸福了，除此以外就别期待太多了。人不能有过多的奢望。我静下来常常想到一些有大能的前辈，他们生不逢时，写得不够多也不够久，那是个人悲剧和时代悲剧。我们虽然不再年轻了，算是知道了一些事情，积累了一点成绩，可说到底还是幼稚苍白的。有一些很重要的人生功课和艺术功课，还在前边等着我们呢。可惜时间太快了，这儿不由得想到一个词：白驹过隙。

炽热的核心／爱模仿
不等于爱真理／孟子的话

文学创作活动是人类生命现象的一种，它总要发生，不能遏止。它从产生那一天起就一直是这样，没有停止过，大概也不会先于人类消失。它包含了情感的倾诉和思想的探索，可好像还不止这些。人的志趣、追求完美的能力、对人性的好奇心、对整个客观世界和其他各个方面的想象探究，都囊括在里面了。所以我们常常想，文学不可以当成一门专业和一门职业去对待的，所有仅仅是从专业和职业的意义上理解文学的，都可能过于简单一些了吧。有一次我随口作了一个比喻，说"文学是生命中的闪电"。这样作比，不知是不是过于夸大了灵魂的激越性质？因为文学创作中也包含了相对平静的记述和描绘。不过我相信，文学的核心部分仍然是炽热的，就像地球内核是熔岩一样。

保守其实是很好的，我们加入保守者这个行列还不见得够格呢……外国好的思想，同样有利于这个民族，简单地排斥外国，那是既可笑又幼稚的，我们不能这样简单。事实上我们的历史就是一部不断融合外来思想和文化的历史，从佛教到目前种种影响最巨大的一些东西，分明都来自外国。中国的传统特别是儒家传统，我们如果全部丢掉，一味邯郸学步，以商业物质主义来统领我们生活的话，那一定是悲惨的，等待我们的只会是最不好的结局。我们只会变得更可怜，不会有什么幸福。现在许多人以学西方发达国家像不像为标准，好像谁学得像，谁就靠近了真理和科学。我们关键是要学来他们最好的东西。过分的商业主义物质主义，将精神挤到垃圾堆里的做法，还有战争强势主义，都是这个世界上最危险的东西。基督教好，儒学好，可是我们现在急于获取物质利益、急于发泄欲望，会去遵守它们？一个社会一旦失去了信仰，那还不要一切全乱了套？失去信仰的社会，只相信物质和科技力量的民众，是最可悲的。我们传统儒家思想中的"仁义礼智信""富贵不能淫，贫贱不能移，威武不能屈"，说得多么好啊！它一直是我们民族的精神骨骼，如果我们将它抽掉了，身上没有骨头了，就会像一摊烂泥一样萎泄在地，随便什么人都可以来践踏我们。为了争名夺利不择手段，堂而皇之地倡导实用主义，在人口如此众多的地面上发生这样的事，是多么危险多么不幸啊。当年张载提出"为天地立心，为生民立命，为往圣继绝学，为万世开太平"，就是几句大话吗？多少读书人把它植在了心里！现在的某些知识人呢，还敢于正视和恪守它吗？

对于那些"五花八门"的东西，还谈不到遏制的问题，因为这是一个不可阻挡的世界潮流。现在物质主义商业主义大行其道，只要能赚钱，什么都可以卖掉，能卖出去就是成功。什么良知和责任，提一句都会被人笑上半天。在这种社会气氛中，还要谈论"文学"如何,也未免太简单太迂腐了。

一部雅文学能在三五年内逐步印出几万册,已经相当不错了。一方面印少一点是正常的,另一方面,任何一个写作者都希望自己的书印得多一点。有的作家对自己不太满意的书,并非希望它印得越多越好。有的书,印一点就可以了。有一部分人读读,传看一下,听一下意见,交流一下,也蛮不错。作品印出来就有了商业属性。好的作家写作时不能太挂记卖的问题,卖是书店和出版社的事,他们的心作家不必操得太多。作家好好写书,书店和出版社好好卖书。现在的问题不正常,在于资本主义把这一套搅在了一起。作家操书店和出版社的心,书店和出版社则操作家的心。这是不应该的。一个写作三十年或更长时间的人,已经很累了,不能操额外的心。奥地利作家穆齐尔的书卖得不好,但他很伟大。拉美的马尔克斯卖得极好,他也很杰出。可见不能在卖上较劲。

我今天的写作并不让自己满意。回顾起来,这几十年来,也许有两个方面我并没有改变:一是对文学的深爱没有变;二是相信人世间有正义、有真理,并且要追求它。我庆幸这没有改变的两个方面，它使我还能一直往前走下去。

他人的激赏／练笔的三百万言

开始写作是在读初中的时候。我们中学的校长爱好文学，爱得很深，但是他没有发表过作品。那个年代发表作品多难，他就在学校里办了一个油印刊物，鼓动我们学生投稿。我们写了以后他就夸，他写了文章也给我们看。还有各种文学书籍，大家都传看。

写文章得到校长的表扬，会让自己高兴很多天，于是就不断地写。这位校长是第一位唤起虚荣心的读者。当年觉得他很老，现在看他也就四十岁左右。

中学毕业不久到了栖霞，那里被称为"胶东屋脊"，地势在半岛上是最高的。栖霞和龙口尽管隔得不是特别遥远，可是地理风貌差异很大。从小在海边长大，突然来到山里，生活很不习惯。我有几年在整个半岛上游荡，是毫无计划的游走，到处寻找新的文学伙伴。

常常想念校长,他不仅是鼓励同学写作,而且还创办了一份油印刊物。其实一个人在初中时候的经历,对他确立一生的事业方向和爱好真是非常重要的。到了高中或大学也可以,但初中这个阶段似乎更重要。我在初中的油印刊物上发表了作品,那种兴奋,远比后来出版一本书更重一些。那时候不是铅字,是手刻蜡板印出来的,可这都没有关系。在我和同学们那儿,那种墨味比茉莉花还香!至于老师的赞扬,那就更令人鼓舞了,这是最早来自他人的激赏。由于有这样的老师,我们的阅读范围也宽广起来,算上家里的一点藏书,许多当时不能出版的书都能看得到,而且把它们及时化为了营养。我们当年读过的书除了中国古典名著,俄法英美的作品都能读到一些。回想起来,这真是我们的幸运。

读书最多的日子要算我十六七岁的时候,当时我在南部山区一个人游荡,主要的享受和安慰就是读书了,所以印象深刻,接受的影响也特别大。后来书多了,条件好了,书对我的帮助倒好像没有那时候大。

谈到喜欢，至今最喜欢的是鲁迅的书，再就是俄罗斯作家的书。欧美当代作家中的一部分、拉美作家的一部分，也是让我十分入迷的。

我发表诗比较早，发表小说是1980年。这之前积累了许多稿子，因为后来有了一定的影响，刊物约稿的渐渐多了，有时就会偷懒，从练笔的这三百多万字里找点东西出来应付一下。人是有惰性的。这当然很不好。所以为了干脆杜绝这种事，有一个办法，就是彻底烧掉它们。这样再要发表作品，那就非重写不可了。这并不表明我有多么"决绝"和顽强，而是说明了我的性情软弱，不得不采用一种办法根治：一烧算完。

翻译／严谨的工作作风／本土经验

九十年代初，我们没有加入国际版权条约的时候，我的书开始被翻译。有的译者很是认真，翻译的过程很长，绝不是急就篇，有的竟然将翻译的时间拖过了五六年之久，有的还更长一些。这很像中国一些著名的翻译家干活的认真。这种事真的不能急，就像创作一样。现在译者与作者交流很方便，都用电子邮件，一来一往十分便捷。有的除了通电子邮件，还亲自来故事发生地看了，并与我多次讨论一些问题。这种严格的工作作风，正是译作质量的保证。

这是表达的需要，同时，它一定跟中国的本土经验、本土的传统表现手法高度融合，得以落地生根。纯粹技法的模仿是不难的，但不会有好的结果，会遭到排斥。进入二十一世纪的中国文学，不可能不涉及各种各样的现代表现手法。它不是某一个民族的，而是全人类的。中国的艺术传统也为西方所用。

浅阅读毫无意义／没有志向的、失败的写作

现在仍然是成熟作家得到阅读比较多的一个时期。因为现在的阅读概念和过去不一样，过去只有书，

现在还有网络等。阅读的数量在成倍地增多，但深度阅读和有效阅读在减弱。因为这个时代比较浮躁，各种物质欲望被撩拨起来，人们好像急剧旋转般停不下来。但是数量庞大的浅阅读毫无意义。深度阅读则需要停下来、要安静，这才是真正的阅读。

真正有个性的写作才会产生杰出的作品。越是个人的就越是大众的，作者如果考虑读者太多的话，就会达成妥协，这样的作品就会重复。杰出的作品要与读者有深度交流。文学的检验从来都是来自时间，所有好作家都是放眼时间的。民众也不等于"乌合之众"，民众的意志和趣味总是通过时间来体现的。写作就是要"自说自话"，就是要写出自己。这种对话是无法复制的，也是最具保留价值的。"自说自话"才能走向文学的本质，而不是相反。

所有极力迎合读者的写作，都是没有志向的、失败的写作。

好的作家获得深层阅读和深层交流的机会更多，所以更不寂寞。只有心灵上的沟通，才会获得强烈的愉悦。相反，一味地迎合读者就会孤独，因为这根本就不会发生心灵上的交流。

健康的写作是一种很愉快的体验，一旦进入到自己所创造的那个世界里，就会经历大喧哗、大热闹、大思考、大快乐。它有寂寞的时刻，有各种思考的交错，就像一个多声部的交响，所以是快乐充实的。可能外面的人看起来觉得他在独自写作，太寂寞太孤独——实则恰恰相反，他在那个世界里与更高的精神对话，多么快乐！如果走出这个世界，那就无人交流了，那就真的寂寞和孤独了。大哲学家康德一辈子没有出科尼斯堡那个地方，每天到了下午固定的时间就提着一个拐杖出去散步，他孤独吗？他有灵魂深处的大享乐。作家也是这样。

脚下的土地／写作者的
文化母体／儿时的山林

走出家乡才知道，要真正写出自己，一定要写那片土地……山区有林子和狐狸，然而地形更加复杂，不光有山林，还有高山、峡谷，奔腾的河流，深邃的洞穴。

十九世纪以后，特别是现代主义运动以后，文学的内部空间无限开拓，卡夫卡之后的许多作家，写尽了人类内心的异化、对客观事物的恐惧。但是与此同时，文学中的地理空间就被大大压缩了，再没有像托尔斯泰那些十九世纪的大师们，能够描写辽阔的景物。事实上生命的自然背景不能被忘掉，生存空间决定了人的个性。

这么多年的游走，几乎到哪里都可以待一待。可是为什么离不开最初的那片土地？可以出国，但不如在国内写得好。离开了本土的欢乐和痛苦，一个人的损失是多么大啊。写作者离不开自己的文化母体。

我不只写了乡土。其实作品中写农村和小城镇的占一半，另一半写城市和知识分子。从二十多岁就生活在城市里，和大家一样，每天大量的事情，没有时间读书写作。有时产生特别强烈的写作冲动，那就只好忍住。长时间的阅读是幸福的，可是这种幸福很难享受到。现代人的生活太急促,我想学会慢下来。

有时也会想起儿时的山林。回到那样的环境里最好了,在童年的林子里,和一群搞艺术的人喝茶看书、种地劳动,恐怕是最大的梦想。对不起,这样的条件几乎没有了。胶东半岛的林子因为开发,大多盖上了非常拥挤的房子,外地人在那边买房子的很多。那里四季分明,即使那种海景房也没有湿气,不用天天晒被子。

龙口/让人心醉神迷的地方语言/行走的日子

前些时候去香港,有个学者告诉我,香港人得忧郁症的很多,各个阶层都有。在香港这样的闹市,人们过得十分匆忙。香港的山水美极了,外国人都坐飞机到香港来登山。我在香港登山四次,每次只看到很少的人,因为他们没有时间。

以前生活在龙口，后来去栖霞，再后来就是烟台，最后定居在济南。今天再回到龙口，并不觉得陌生。龙口在我眼中的变化，不是骤变，而是渐变，不知不觉……现在胶东半岛是整个山东经济最发达的地区，龙口在胶东半岛又是排名首位的市区，有葡萄酿造、粉丝、铝合金、渔业、水泥、煤炭，有铁路和港口等。这样看来，小时候的龙口和今天似乎不是同一个地方了。儿时熟悉的人大部分都不在了，和我同龄的人许多到外面闯世界去了。

中国城镇化的一大问题是农村空了，把农村拆掉，集中起来盖楼，是很不好的一个事情。中国文化生生不息的根基就在乡村，保存传统的希望就在乡村，现在村子没有了，这个变化是致命的。有人说我们得学西方发达国家，就要把农村变成城镇。可是我去西方发达国家看过，法国、意大利、荷兰、美国，那些乡村多美。

龙口最让人伤感的是，农村正在远去，人们离开了村子，不再养猪和牛羊，因为没地方。而过去连田野的秸秆都要储藏起来，各种农具，多少年不用的东西，包括老一辈人用过的土纺机，都要堆放在仓库里。这些留下来的东西当然不算文物，却是触手可及的记忆。为什么好多人到了城里能安心地住在高楼上？因为他会偶尔想起，老家还有一个小房子，那是保留了记忆。老家的房子如果没了，城里头那个人也会没了底气，没了根。

乡村人祖祖辈辈在做的一件事，就是命名。我们对方言都怀有深切的感情，一个东西在本地叫这个名字，在外地就不叫这个。命名的方式，就是文化生长的方式。比如向日葵，在龙口叫"转莲"，因为向日葵像莲花一样，能随着太阳转动。我们吃向日葵瓜子，说吃了"转莲子"，很美。龙口人问一件东西好不好，会说："奚好？"这都是古汉语的说法，在龙口至今保留下来。更有趣的是，你如果问一个龙口人，能不能做某件事，他会回答："能矣"。

有些老太太一个字也不识，吃饭的时候尝一口，说一声："甚好"。有小孩子淘气，老太太会举起拐棍吓唬他："我打你何如？"

这样的语言让人心醉神迷。命名的趣味还体现在地名上，铺开龙口地图，会看到每个地名都有故事。有个地方叫"撇羊"，几乎可以肯定，当年有过一只羊被忘在那儿、被撇下了。还有"洽泊""妙果"，这类名字很多。一旦村子没了，还有"妙果"吗？

想想看，这些损失太大了。精神家园不再，没有人替我们的民族文化做点事情，只会搞城市化，像当年的"大跃进"一样。说白了，无非是看中人家的地了。爱农民，为什么不能让其住在自己的土地上？几十年了，现在很多农民家里除了多出一个电视机，并没有发生什么更大的变化。甚至电视机也是让农民更痛苦的东西，因为里面常演城市里那些富人的生活，过去不知道还好，知道了心里就不平衡。还有很多低俗的节目，这会把孩子们教坏了。以前农村人哪有随便在街上亲吻的？现在一切都乱七八糟。

这是精神上的痛苦。有人会说物质丰富了，但是物质上没有痛苦吗？土地被占了，空气和水都遭到了污染，去哪里找几条干净的河流？他们的电视和冰箱来得并不容易，那是用健康作为代价换来的。

我们的经济发展，如果是大多数底层的人不能从中受益，这种发展就要受到质疑。

所以还是会想念那些行走的日子，想念茂密的丛林。

2010 年 3 月—2011 年 2 月，文学访谈辑录